passion

of the books, by the books, for the books

passion

狂野的夜!

Wild Nights

Joyce Carol Oates
喬伊斯·卡洛·奧茲／著

李淑珺／譯 郭強生／導讀

目錄

導讀
文學創作是一種有罪的行業

郭強生

文字可以帶領奧茲到任何地方，但彷彿總是走不出文本架構起來的世界。她的世界無非總是文字，她用她的文字去理解世界，去完成對世界的想像拼圖，但這個世界卻又太秩序井然了一些，缺少了反諷。暴力永遠就是暴力，沒有迂迴曖昧的餘地。既然她已表明「故事就是她」，拿掉了這樣的書寫，奧茲便要崩塌。她的暴力書寫不是關於這個世界，而是關於一個作者。

更或者可以這麼說，這種恐怖暴力，是唯有長年生活在文字中的寫作者才最能體會的，根本就是文學本身的一種恐怖！

這是我在二〇〇六年為《誠品好讀》所寫的一篇標題為〈冷靜得恐怖——奧茲的文字暴力〉的文章，最後所做出的結語。在談論奧茲這部最新的小說作品之前，我特別要挑出自己幾年前就已有的觀察，因為這正示範說明了為什麼讀文學作品是這麼有趣的一件事！

我當時認為奧茲後期的小說著眼於暴力書寫，但「缺少了反諷」，「她的暴力書寫是關於一個作者」，甚至「這種恐怖暴力，是唯有長年生活在文字中的寫作者才最能體會的，根本就是文學本身的一種恐怖！」聰明如奧茲在年屆七十之際，竟然能突破了我當時認為她陷入的創作瓶頸，在二〇〇八年推出的這本新作中，果真就來寫起「文學本身的一種恐怖」；更可喜的是，多了反諷幽默，閱讀起來是一種邊讀邊打冷顫，卻又忍不住莞爾的奇特經驗。

尤其是如果你自己也是個創作者的話。

原本接到出版社邀稿時，我第一個反應是：什麼？奧茲又出新書了？我在二〇〇六年為她做的統計，當時她總共已出版了長篇小說三十七部、短篇小說集二十七本、中篇小說五本、評論文選八本、詩集八本、以及化名「羅莎蒙史密絲」、「羅倫凱莉」所寫的偵探小說八部、更遑論由她主編的文選小說選不計其數。她發了瘋似地寫，什麼都寫，從時裝雜誌專欄到報紙社論，從舞台劇劇本到通俗偵探小說，同時她還是普林斯頓大學的教授，一直是諾貝爾文學獎得獎呼聲頗高的一位，光看這份簡表，真是會讓一般讀者傻眼。而在台灣，奧茲的作品不過寥寥被翻譯了幾本，結果不知為何也成為了一種品牌，一般讀者只看這幾本中譯，著實很難期待他們對這位產量極大、風格變化多端的大作家能有什麼完整深入的認識。

我其實公開在文章中說過，我不贊成在一本文學作品前面加上一種叫「導讀」的東西，尤其是台灣的導讀風氣之盛，評論者丟出幾個文學術語，讀者懶惰地照指示囫圇吞棗，這簡直是升學參考書文化的延伸。文學閱讀不是靠分析才能理解，而是因先心有所感、被其震憾，我們才需要進一步理解**自己**為什麼被感動，必要時藉一些分析是有助釐清並記下自己的心得。

我原本只是好奇心驅使，想看看奧茲又寫了什麼東西；讀完這本《狂野之夜》後答應寫點東西，與其說是為讀者劃重點，不如說是**我跟奧茲的對話**。

於是，我出現了第二個反應：我究竟要談奧茲的文字已經爐火純青？還是分享創作其實是一種非常恐怖的驅魔儀式？

上回寫奧茲時指出，她的暴力書寫是企圖呈現一種作家身陷的瘋狂，一種文學的恐怖，我自己事後也曾質疑是不是我把話說的太武斷？但是在《狂野之夜》中的五個短篇，分別虛構了愛倫坡、馬克吐溫、愛蜜麗·狄更森、亨利·詹姆斯、與海明威晚年的一段恐怖瘋狂且不堪的奇想。從虛構作家生平著手，作為自己身為創作者對創作與人生的一種體悟，不正是奧茲在抵抗「作家」這個長久以來被迷思化的身份、以及作者自我迷思化所帶來的孤絕與瘋狂？

不敢說英雄所見略同，這也正巧是我從二〇〇九年起，每月在《聯合文學》所寫的創作專欄〈收放〉所探索的主題呢！我在每篇中虛構與文壇巨擘身邊人的一場相遇，探討創作者在面對文字與真實世界時收放的兩難。我與奧茲竟然都企圖對「創作」與「作家」作一種分割與解剖，難道除了巧合外，沒有其他的解釋嗎？

反應三：我發現是有的。

我們都在大學中教授文學與創作，我們都橫跨了許多文類，我們都寫小說、寫評論、寫劇本、題材從純文學到流行文化不拘，我們亦學院亦古典亦現代亦社會，我們都不相信作家只有一種身份，雖然我們都感受到我們的生命是用大量文字堆砌出來的，但同時也抗拒文字就等同於我們的人生。

但是許多作家不願承認除了書寫他們一無所有這個事實，他們最後只想成就「女性主義小說家」、「後現代小說家」或「情色詩人」這樣的定位。奧茲瘋狂地寫，產量驚人，似乎就是在破除在她身上加諸任何一種標籤的可能。作家的自苦與創作的神祕對她來說正是驅魔的目的所在。她向世界大聲召告：我可以一直不停地寫！沒有靈感只是藉口！我不在乎我的名字究竟是叫「羅莎蒙史密絲」、「羅倫凱莉」還是奧茲！你們除了我的作品外對我個人一無所知！

儘管我們在想法上有共通點，但到底我沒有像她那麼激烈絕決，也許因為我不是身為女性，少了奧茲會被人以「女性作家」看待的不平與氣憤。氣嘟嘟的奧茲這回卻露出了狡黠的微笑。書中的五位作家中只有愛蜜麗．狄更森一位是女性，生平低調的女詩人成了一個照比例縮小的複製人，被當作寵物般被一上流家庭購回，因為平庸的女主人企圖一窺女詩人創作的奧秘，幻想自己多接近愛蜜麗．狄更森就能寫出詩來。而男主人呢？

我不可以公佈情節，破壞了讀者接下來的閱讀樂趣。但只能說，即使是女性主義意識鮮明的題材，奧茲也能處理得趣味橫生，不偏不倚，既戳刺了作家的迷思，也挖苦了讀者。

要有一定深厚的文學素養，才敢碰觸這樣的題材，但奧茲除了在寫海明威的江郎才盡時用了意識流與實驗性的拼貼外，其餘幾篇用的都是平易近人的寫實手法，說了一個饒有深意的有趣故事。其中亨利．詹姆斯那篇最令我吃驚，因為奧茲從一開始仿詹姆斯式的娓娓道來風格，不費吹灰之力就讓整個故事慢慢轉向卡夫卡式的怪誕。一路讀下去，我終於發現奧茲的企圖：每篇故事其實都是一個恐怖的**道德寓言**。

戒傲慢、戒妒忌、戒暴怒、戒懶惰、戒貪婪、戒貪吃、戒色慾。文學創作是一種有罪的行業，如果你以為用文字就可以合理化或逃避了你身為人的弱點。

在讀奧茲新作的同時，手邊也正在翻著張愛玲的《小團圓》。

我在一次公開演講中曾說：張愛玲可惜了！她後來只想著怎麼做「張愛玲」，而不是在享受創作。看了《小團圓》書前公佈出來的書信往來，我以為如果她認為這是一部有份量的作品而非「張愛玲的作品」，何苦又在乎「無賴人」會不會因為這部作品的出版而興風做浪，甚至擔心反而給了「無賴人」翻身的機會？另一方面，作家的生平究竟需要被保護到什麼程度？我真想學奧茲乾脆虛構一篇張愛玲有偷竊狂的小說，只是中文世界的讀者有沒有這樣的幽默感呢？

可惜奧茲不知道有張愛玲這號人物，否則還真想聽聽她的想法。

馬克吐溫的戀童癖、亨利．詹姆斯的同志櫥櫃、海明威的酗酒與好色，這些都只是人性的一部分。奧茲難得的一點便在於她完全不讓人有滿足偷窺慾的機會，作家的人生困境不必當作爆料醜聞處理，在她的神準的刻劃下，我們看到文字可以驅魔、可以召魂、亦可以昇華寬恕的一場精彩演出。

譯序

李淑珺

這是一本難譯的書。

文字之妙在於，不論好壞，人人皆有其風格，因此譯者必定也有自己慣用的風格。在翻譯非文學作品時，這可能不是問題，只要能準確流暢地傳達出作者的訊息，譯者便可說是已克盡職責。作品累積多了之後，慣用譯筆或許還能成為一種特色。

然而，在文學作品中，文字的基本語意或許是骨架枝幹，支撐情節發展，但文字的聲韻、節奏、排列、組合，或每個用字、每個標點符號的明示隱喻，才能給予小說皮膚與血肉，呈現出獨特的輪廓和力量。就像灰姑娘的故事，飛上枝頭變鳳凰的情節喚起人心深處的共同慾望，因而被古今中外多少人，以多少種語言媒材重新創作過，但其中有流於俗套，讓人不屑一顧的；卻也有讓人鼓掌叫好，甚至激動落淚的。

魔鬼就在細節中。而文學作品的細節就是文字的運用。

因此在翻譯文學作品時，譯者反而必須盡量拋棄自己的風格，並重新建構譯文的審視標準。因為此時若一味強求譯文流暢，那麼中文讀者看到的即便是精彩的故事，卻恐怕難以體會原著的經典之處。

而奧茲女士在這本小說集中展現的功力，又進一步提高了翻譯的難度。奧茲女士著作等身，且取材極為寬廣，是當今美國文壇極受敬重的教授及作家，要翻譯她的作品已經讓我戰戰兢兢。而在這本書中，她更彷彿要讓美國文學史上的五位大師復活一般，以他們每個人的文風，揣測描繪出他們的人生，讓我不得不也追隨她的腳步，企圖傳達出五位作家的五種風格。

除了從原文中感受每位作家的風格以外，我也挖出大學時代閱讀的這些大師作品，希望能在準確翻譯的同時，也盡量映照出該主角作家的文筆，但實際上還是困難重重。

其中最難拿捏的，莫過於描述愛倫坡的〈燈塔〉一文。以驚悚小說聞名的愛倫坡是幾位主角中最英年早逝的一位，且死因不明。他從中年後就飽受精神疾病折磨，加上酗酒吸毒的習慣，以及微薄收入與文壇盛名不成比例的處境，更使他過世前可謂窮困潦倒。

奧茲女士在這篇假想的傳記裡，並沒有直接取材愛倫坡的真實人生，而是以想像的情境，引入愛倫坡慣用的意外轉折，以及挑戰愛倫坡矜持審美觀的駭人生物，由此比喻他的人生結局。

由於故事情節到最後越趨恐怖，加上故事主角越趨神智混亂，第一人稱的文字也就越來越支離破碎，莫名難讀。我一邊翻譯，一邊擔憂這樣難讀的文字恐怕連編輯這關都過不了，更不用說是讀者了。

長年的翻譯工作，讓我習慣承擔「文字不通順是翻譯問題」的原罪，也因此在不違反作者用意時，都會盡可能讓文字順暢。但這一回，我實在無法為了通順，而犧牲作者刻畫的恐怖混亂，因此我選擇保留原文的文句結構，希望讀者能夠體會這種特殊的文字魅力。

翻譯過程中另一項強烈感受是，情緒被牽動得越來越低沈，因為這五篇短篇小說雖然文字風格不同，哀愁抑鬱的基調卻是一致。這樣的陰鬱或許是因為主角的盛名或財富，都無法抹去生命之初的傷痛，如海明威與克萊門斯（馬克．吐溫）；或許是因為善感脆弱的天性，同時是作家的幸與不幸，如愛倫坡；又或許是因為時代或際遇，使主角一生飽受壓抑，如詹姆斯與狄更森；更或許是，除了在奧茲女士的創意中，以複製人形式復活的狄更森以外，書中所描繪的都是充滿了失落、病痛，與無望的作家晚年。

工作到後期時，我甚至陷入一種執迷的錯覺中，覺得深刻的文學本該刻畫傷痛，而非歌頌歡愉。

這讓我回想起自己翻譯過的另一本小說，也是描繪著名人物福爾摩斯的晚年。由於小說中的福爾摩斯年事已高，因此懸疑情節不如過去的福爾摩斯探案那樣高潮迭起，緊張刺激，反而充滿了面對死亡的掙扎與落寞。

之後我曾在網路上看到讀者的讀後感，表示原先抱著看偵探小說的心情，因此有些失望，卻在同時感覺到福爾摩斯變成有血有肉的真實人物，而不是推理能力神奇，幾乎沒有喜怒哀樂的虛構人物。

同樣的，奧茲女士集中在刻畫文壇大師盛年與盛名已過，飽受病痛折磨，且死亡逐漸接近的晚年，或許也是要讓他們落入凡間，不再是高高在上的大師，而成為與你我一樣，必須忍受挫敗與孤獨的凡人。因此讀者在感受那豐盛創作力背後的艱難時，也必然得感受閱讀中相伴而來的抑鬱。

在完成這項困難的工作後，我誠摯希望自己的翻譯除了能反映出作者的功力外，更能讓讀者與我一樣，在深入作家人生的同時，也映照自己的人生處境，經歷一段充滿心靈洗滌與情緒起伏的旅程。

狂野的夜——狂野的夜！
當我與你一起
狂野的夜就是
我們的奢侈幸運！

徒勞無功——狂暴的風——
對停泊港口的心——
不再需要羅盤——
不再需要航海圖！

划槳航入伊甸園——
啊，那海！
願我下錨——今晚——
在你懷裡！

愛蜜麗・狄更森（一八六一年）

愛倫坡遺作，或名，燈塔

一八四九年十月七日。　啊，醒來！——我的靈魂充滿了希望！我在傳奇的維娜德瑪[1]燈塔的第一次——我很興奮即將根據我與贊助人貝特恩．蕭博士的約定，寫下第一篇「日記」。我會盡可能規律地寫日記——這是我對蕭博士，也是對我自己的誓言——雖然像我這樣完全單獨一個人，會發生什麼事，實在難以預料——我必須認清這點——我可能會生病，甚至更糟……

不過到目前為止，我似乎都心情高昂，並急切地要展開我守護燈塔的任務。我的靈魂長久以來因多重原因而抑鬱，卻神奇地在這西經十一度，南緯三十三度，智利岩石崎嶇的海岸以西約三百公里，法爾巴拉索港以北的南太平洋，令人振奮的春日空氣中重生，因為在經歷令人窒息的費城社會，和我在里奇蒙市發表的「詩的原理」[2]的演講獲得毀譽參半的評價後，我發現自己終於可以——徹底孤單了。

我想在此記錄：我摯愛的妻子V悲慘而意外地過世[3]，加上敵人對我日積月累的誹謗，尤其還有我承認的一些個人的「放蕩」行為，導致我過去兩年來陷入憂鬱中，但我的理性判斷沒有絲毫減損。完全沒有！

這美好的一天，我有許多值得歡欣鼓舞的理由。我爬到了塔的頂端，善良的莫丘里在我面前跳躍喘氣；我遮住刺眼的光線，眺望著海面；這些廣大壯麗的空間讓我為之傾倒，不只是壯闊的太平洋不斷變幻，熔岩般的海水，還有頭頂那更神奇的天空，感覺不只是一片天空，而是許多片天空，無數令人咋舌的雲形接在一起像一層層皮膚！天空、海洋、土地：啊，如此生氣勃勃！那油燈（薄暮降臨前才點亮的）大到讓人不可思議，可能重達五十磅，完全不像我見過的任何家用油燈。我看著這燈，恭敬地用手指劃過燈的表面，胸中充滿一種奇異的熱誠和渴望，迫不及待想開始我的職責。「你們誰能夠質疑我？」我對費城社會[4]那些自以為是，一本正經的紳士們抗議，「我會證明你們錯了。後世子孫們，做我的裁判！」

從「維娜德瑪燈塔」存在以來，通常都偏好由兩個人來管理，但也有過一些時候，是由一個人負責管理，而我當然希望，自己有能力勝任燈塔守護人這個頭銜所包含的簡單操作和職責！多虧蕭博士的慷慨，我有充分的裝備補給，足以應付接下來半年的生活，而且這座燈塔是一座令人印象深刻的堅固堡壘，可以抵禦這溫帶地區的任何天氣變化——這裡的氣候跟哈特拉斯海角[5]以東的大西洋相差無幾。「只要你在南方的冬天開始之前，回來這裡『拯救』我就好了。」我對愛麗兒號的船長開玩笑說。這個體型魁梧，眉毛深濃的西班牙人對我的機智哈哈大笑，並用他口音很重的英文回答說，只要酬勞合他的意，要他親自開船到陰曹地府去都沒問題，而以蕭博士的財力來看，應該是綽綽有餘。

一八四九年十月八日。　今天——登上燈塔的第二天——我帶著比第一天更大的決心和目標，寫第二篇日記。昨晚的睡眠，雖然因為風不斷從燈塔的裂縫空隙鑽進來，而斷斷續續，卻是我幾個月來睡得最好的一次。我相信我已經完全拋開了那病態的幻覺，或說妄想，覺得自己會在一個不熟悉的城市裡，在一條大雨滂沱的街上滑倒，頭撞在尖銳的鋪石上而死去。（這確實很荒謬：莫丘里吠叫著，彷彿在嘲笑牠主人的胡思亂想。）

昨天晚上，在漫長一天將近的時刻，我與我的犬科朋友滿腔熱血地爬到那盞大油燈旁，然後按照預定的步驟進行。啊！在這種高度，風確實很大，會像看不見的貪婪女妖般，吸走我們的氣息，但我們在攻擊下屹立不搖。我滿懷喜悅地點燃第一根火柴，靠近如舌頭一般浸在易燃液體裡的燈芯，而它立刻就像從我的手中吸進那團火焰。「好，完成了。我宣告我成為維娜德瑪的燈塔守護人，讓所有船隻都提防海岸邊險惡的岩石吧。」接著我在純粹的亢奮狂喜中大笑，莫丘里也應和地興奮大叫。

我本來可能想過的，被拋棄在荒野中任憑宰割的隱約懷疑，也立刻被拋諸腦後了。因為我承認，如我已逝的摯愛的V所說的，我是那種天生容易幻想和焦慮的人，常對不存在的事有杞人之憂，對於確實存在的事，卻不夠擔心。「在這點上，你就跟我們尊貴的『領袖』以下的所有人，沒什麼兩樣。」——V溫和地責備說。（但V還是喜愛我的性格，從不加以批評。我們之間的聯繫除了表親血緣，還有婚姻關係，以及對霍夫曼[6]、亨利志・范・克萊斯特[7]和尚・保羅・李希特等[8]人的偉大哥德式恐怖作品的偏愛。因此我們就像共有一條血脈似地，無時無刻都在互相傳遞我們身邊那些愚鈍之人無法發現的，志同道合的幽默，與惺惺相惜的嘲弄。）

但是——何必留戀著這些令人分心的思緒？此時我身在此地，身體精神都如此振奮，迫不及待地要開始寫作可能會被後世子孫稱為《傳奇維娜德瑪燈塔日記》的作品。這文件將被拿來與著名的人類心靈探索鉅著相提並論，如笛卡兒的《沉思錄》、巴斯卡的《思想集》、盧梭的《孤獨漫步者的遐想》，和李希特的六十五巨冊作品全集。

不同的是，這本日記將會引發舉世好奇，因為它的作者將不會是那位在短短的一生累積出如污水洩洪般一大堆作品的愛倫坡，而是：**無名氏**。

此刻，在獲得滿足休息後的心情中，我打破我早晨的例行公事，放下了普羅泰諾[9]和傑若米・葛特霍夫[10]，前者純粹是為了研究，後者則是為了翻譯（因為這位瑞士出生的哥德小說大師葛特霍夫，在我的家鄉還沒沒無名，而誰會比我更有能力將他的作品翻譯成英文呢？），轉而在日記裡記下這些若在費城，我絕對不會有的想法：

我多麼喜悅自己能在四十一歲時，出乎意料地，終於對我的同胞有了「用處」，即使他們對我完全陌生，除了當我是維娜德瑪的守燈塔人以外，絲毫不察覺我的存在。我不但可以提供實際的用處，協助商業巨賈們，還能參與蕭博士的實驗，而對推展科學知識有所幫助，同時滿足我在V死後最大的渴望，那就是能單獨一人。啊！多麼愉快啊！只有普羅泰諾與葛特霍夫為伍，除了莫丘里，沒有其他人作伴。這麼簡單的任務，連十歲小孩都可以勝任。還有遼闊的海洋與天空可以細細品嚐，如最美妙的藝術的呈現。對於我這樣性情的人，生活在人群當中是可怖的錯誤。尤其是像我這樣的人，從十五歲起就容易沉溺於打牌、飲酒，和喜好狂歡的酒肉朋友當中。（根據我與蕭博士的協議，我那約三千五百美元的債務就像在魔術師的魔杖一揮之下，瞬間消失！）但現在我是如此幸運能夠單獨一人，在這樣孤獨的地方，我已經度過好幾個小時，一直望著大海，看著那無垠的海水彷彿隨著焦躁不定的思緒顫抖起伏。這裡確實是我一直渴盼的，真正的海邊王國。「蕭博士，我欠你太多了，我絕不會讓你失望，我發誓！」

一八四九年十月九日。　今天──我在燈塔的第三天──我帶著有些複雜的心情寫這篇日記。因為昨晚，狂暴的風讓主人和㹴犬在不安中無法成眠，而像是嘲弄我似地，我心頭忽然有種聲音不斷浮現：**單獨**的回音。奇怪的是，我直到現在才發現，這個字的發音聽起來多麼不祥：單獨。（我親愛的V，如果她能來到我懷中，我一定會好好保護她，不會像她在世時那樣！）在我凹凸不平的床上，我忍不住覺得，這漏斗形的牆壁的石頭組合，似乎有些怪異的設計……但是，不，這都是胡思亂想。

單獨，在我聽來將有如樂音，就像聽到傳奇的「烏拉露米」長詩[11]一樣，如此甜美刺心的憂鬱，只會引起如狂喜般精緻的痛楚。我會如活潑的莫丘里一樣，將單獨拋諸於陰影中，欣喜地眺望向在海洋上比在陸地上更凸顯的，寬闊的天空。我將單獨發現，如哥德文學大師所描述的，大自然似乎不過是受想像力驅使的現象：從東方天空升起的太陽，如此美麗的景象，以及即使是最粗糙的雲層堆積，也會在想像中蛻變。但是若沒有了守燈塔人，也就是「我」（「我的眼」），這樣的美麗能被揭露出來嗎？更不用說，能被描繪出來嗎？

我將歡慶這點，「我」的至高無上，即使午後倦怠的風聞起來有鹽水和某種東西腐爛的氣味。風從島上的一片石灘吹來，那是我還沒探索過的地方。

一八四九年十月十五日。 閒暇時，與親愛忠實的莫丘里一起探索燈塔和周圍的環境。隨著時間過去，我們兩個都已經越來越把這奇異的地方「當自己家」。在愛麗兒號上，我聽到相互矛盾的，關於這座燈塔的不同歷史，而不確定該相信何者。普遍的說法是，維娜德瑪燈塔的起源不明，當初在這岩石遍佈的島上被發現時，大約只有今天一半大，用水泥和切鑿粗糙的石頭建造的一座塔，建造時代應該在西班牙人稱霸海上之前。有些人相信這座塔有好幾百年的歷史，有些人則比較合理地認為建造這座塔的人，應該是某個現在已經滅絕的、懂得航海的智利印第安人部族。

最初的那座塔至今確實都還存在，就是現今燈塔的底部。塔高六公尺以上的部分，則顯然是「新」的——雖然也至少有一百年的歷史。我聽說，智利西岸這段海域特別險惡，彷彿變幻莫測的安地斯山脈侵入海中，長久以來就在水手之間惡名昭彰，因此一座燈塔是必要的。但是，這麼崇高的建築！幾乎讓人覺得有如神蹟。

（然而我真希望這樣的神蹟能夠稍微克制一點：那些螺旋狀上升的階梯似乎永無止盡！而且爬下來時，跟爬上去時幾乎同樣累人，還更令人昏眩！才來到維娜德瑪沒幾天，我的小腿和大腿已經痠痛不已，也因為要一直伸長脖子去看下一步該踩在哪裡，而脖子僵硬。事實上，我確實失足過一次或兩次，若不是立刻伸手抓住了欄杆，恐怕就要摔破頭了。連調皮活潑的莫丘里都在階梯上氣喘吁吁！我第一次算的階梯數是一百九十階，第二次變成一百八十七，第三次則是一百九十一，而第四次，等我決定之後再算。整座塔從低潮線到大油燈上的塔頂，看起來大約六十公尺。但是豎井裡面的底部到尖端的距離，則超過六十公尺——因為地板比低潮時的海平面還低了五公尺。我覺得這裡面中空的底部本來應該要用實心的水泥填滿，跟這堅固燈塔的其他部分一樣，這樣一來，整座塔無疑地會更加安全。但我在想什麼？任何海浪或颶風都不可能打倒這用鐵條固定的牆壁——在漲潮線上方十五公尺的牆壁都至少有十公分厚。這建築所在的地基處則似乎是白堊岩：這真是一種很奇特的物質！）

確實，我身為這燈塔唯一的看守人，對它有種奇特的自豪。我鮮少在地底下的空洞逗留，因為我對這樣潮溼侷促的空間有種病態的恐懼。我偏好在燈塔底部四周的開闊處漫步。我會眺望著上方，彷彿後代子孫正在傾聽似的，大聲宣告：「這座建築確實設計巧妙，卻缺乏神祕：因為燈塔不過是人為了純粹的商業需求所設計，缺乏任何浪漫或深奧的目標。」莫丘里在我腳邊興奮吠叫，嬉鬧地呼應我！

而此刻，那好動的㹴犬正在巨石群和卵石灘上嬉戲，但我不喜歡牠跑到那裡去。這可憐的「狐狸」獵犬無法真正了解，這孤獨的地方並沒有狐狸可以讓牠追捕，然後勝利地帶回來給牠的主人。

一八四九年十一月六日。　好幾天沒有寫日記，因為我最近一直睡不好，受到一陣不自然的浮雲或霧氣襲擊。這陣雲霧從大陸吹來，挾帶螫人的恐怖昆蟲：某種會飛的螞蟻，似乎是跟蜘蛛的混種！還好一陣強烈的狂風吹來，將這些迷你的女妖全部吹入海中！不過我已經擬好了我的作息表，如下：

準時在黎明醒來
爬階梯上去熄滅燈火
盥洗，刮鬍子等等
早餐，一邊閱讀寫筆記
跟莫丘里一起運動；四處探索／冥想
寫日記
午餐，一邊閱讀／寫筆記
下午：四處探索／閱讀／寫筆記／冥想
晚餐，一邊閱讀／寫筆記
爬階梯上去點燃燈火

上床睡覺

啊，你一定在搖頭了，是吧！這樣的作息在你看來像是坐牢一樣侷限。但是我向你保證事實絕非如此。我不是像可憐的莫丘里那樣的生物，在這春天溫暖天氣的刺激下（請記得，在南半球，十一月就如北半球的春天），就像典型的㹴犬，一下亢奮一下沮喪，彷彿牠追的不只是獵物，而是同伴。我對於孤獨怡然自得。就像法國哲學家巴斯卡《思想集》第一三九條中所說：

……人類所有不快樂皆源自單一件事實，那就是他們無法安靜地待在自己的房間裡。

這本日記將會記錄下這樣的「心真理」是否舉世皆然，或者只適用於軟弱者。

一八四九年十一月十五日。　正午時望見東方數公里處有一艘船。往麥哲倫海峽駛去，目的地很可能是布宜諾斯艾利斯那個大港口。在白日溫和的海洋中，這艘船並不需要維娜德瑪的燈塔，而我在極短暫的一刻，感到一種莫名的憤怒。「朋友，你們若在夜晚駛過這些水域，就不能如此快活地忽視守燈塔的人了。」

一八四九年十一月十九日。　黎明醒來，前一晚睡眠斷斷續續。吃早餐時（胃口不佳，我不知道為什麼），一邊繼續我耗時費力的《蜘蛛》（*Das Spinne*）翻譯工作；之後為了放鬆，轉而閱讀我在過去漫不經心的生活裡，居然一直忽略了的普羅泰諾的《九章書》。（蕭博士是如此慷慨地容許我除了比較實際的補給品之外，還可以攜帶無數本書。其中有些書本來就屬於我所有，但是大部分的大部頭書和期刊都是他的。）普羅泰諾這位古人在宇宙論、數字論、靈魂、永恆真理和唯一真神方面的論文，是如此美妙地契合我這個維娜德瑪燈塔的朝聖者。因為我不斷地感到驚訝，自己是如此安於孤獨，即便我相信我還沒有探索到其最深處。

普羅泰諾是治療哀傷最好的安慰。在我親愛的V死後（她在演唱美妙的蘇格蘭民謠「安妮蘿莉」時，因雪白的喉嚨中一條血管爆裂而死。當時沉浸在喜悅中的我正在一旁以鋼琴伴奏），我有時候，在安靜的時刻，還是會感到哀傷。她死後，我便發誓在我不快樂的餘生中，將保持獨身和持續懺悔。就像V恐懼人類性交時瀰漫的獸性，即使是在夫妻之間也一樣，而我也有類似的反感。我雖然喜歡撫摸莫丘里，搔弄牠豎起的耳朵，卻會嫌惡這樣親密地碰觸另一個人！因為即使只是兩個紳士之間的握手，也會讓我覺得排斥。我們在費城港口道別時，蕭博士揶揄地說：「孩子，你的手好冰，不過女士們向我保證，這表示你有一顆溫熱的心。是嗎？」

（有一件奇怪的事：在這孤獨當中，唯一的聲音是吵死人的海鳥叫聲，和海浪與呼號的海風混雜的單調聲響，但最近我經常清晰地聽到蕭博士的聲音，還在頭頂飄浮的雲朵中看到蕭博士的臉：堅毅冷靜，留著鬍鬚，相當大的鼻子上戴著閃閃發亮的眼鏡。我的孩子，他這樣叫我——雖然四十一歲的我實在不能算是個孩子了——你將註定扮演一個如此重要的角色，幫助科學知識向前推進。我對這位紳士懷抱深深的感激，是他將我從放縱荒唐，自我傷害的生活中拯救出來，讓我參與這項實驗，了解「極度孤立」對於一個「一般男性現代人種樣本」的影響。不過蕭博士似乎沒發現其中的諷刺之處，因為我雖然是相當正常的男性現代人類樣本，但我絕對並不一般！）

一八四九年十一月二十八日。 看到船隻從遠處經過。海鳥，又吵又頑固，直到被莫丘里和牠的主人驅散。夜裡，一陣突來的強烈狂風向我們襲來，讓一些常見的海中污物（其中有些最噁心的生物即使嚴重受傷而殘缺不全，卻還在蠕動掙扎），被沖上卵石灘。

如果我沒有在日記裡記錄太多這些「蠕動的生物」，是因為我眼光挑剔且地位高尚，不得不鄙視與忽略這樣低等的物種。不過我想我應該記下，拍打著海灘的海浪距離我的棲息地，燈塔的門口，只有十五步之遙。但幸好風吹向反方向，我才不至於需要縮起鼻孔，抵擋那噁心的惡臭！

夜晚不如我希望的平靜。莫丘里被嗜血的夢和跳蚤糾纏著，總不時哀鳴和啃咬自己。

一八四九年十二月一日。我幾乎喘不過氣來！不是因為爬這些該死的階梯，而是因為另一件完全不同的費力的事。

連續好幾天陰雨，雨勢單調毫無變化猶如愚蠢的棺材工匠不停的敲打，終於今天下午時分，厚厚的雲層裡突然射出陽光，於是莫丘里開始興奮地吠叫，將牠對著普羅泰諾打盹的主人吵醒，兩人衝出門外，四處嬉戲，完全像孩子一樣。V會多麼不可置信，對我們這樣滑稽的行為多麼目瞪口呆啊！

但是，我們的領土是如此狹小：比那艘小艇帶我們來到燈塔時（那是多少個星期以前？）看起來小多了。我估計過，整座小島直徑不到三十公尺，而且大部分都是堅硬不屈的岩石。燈塔門口就是一層層的岩石，狀似粗糙的階梯，通往海中：燈塔會建在這個地方，顯然就是為了面對著這些岩石。燈塔入口左邊則是一群龐大的巨石，阻擋著海洋的侵襲。我稱這些巨石為萬神殿，因為這些大石頭的外型有種粗糙的尊貴感，像是原始的臉孔。彷彿一個遠古時代的雕刻家要從這些不動如山的物質中，雕鑿出「人類」來，卻在工作到一半時被打斷。（不過你可以想像，這些巨石上佈滿了最污穢的鳥糞，而有鳥糞的地方，則必然會有嗡嗡作響的貪婪昆蟲。）

最陰森恐怖的是，在燈塔入口的左邊，在一小片岩石和巨石灘後，是我約略提過的那片惡臭的卵石灘。這個即使只是講起都讓人作嘔的地區，我稱之為停屍間，雖然這裡可以看到的，並不只是腐爛的海洋生物。（莫丘里跟牠的主人都會生產必須處置的「廢物」，但是這樣原始的環境裡並沒有污水下水道，更沒有僕人拿夜壺去倒，因此這項工作並不是那麼容易完成。蕭博士是個生活優渥的紳士，並且習慣了文明社會的種種便利，因此並沒有想到提及這點。同樣地，普羅泰諾、葛特霍夫、巴斯卡和盧梭，也都沒有想到在他們的著作裡提及這類事。）

無所謂！雖然被一邊的萬神殿，和另一邊的停屍間所侷限，莫丘里和牠的主人還是爬上爬下，沐浴在初夏的陽光下，彷彿感覺到陽光加上和煦的海風與溫度，這樣快樂的組合，可能不會長久延續。你若看到我們兩個衝進海鷗、磯鷸，和燕鷗當中，讓牠們驚恐地尖叫和拍打翅膀，一定會微笑起來。我們還更大膽地挑戰一隻黃喙品種的巨大信天翁：我拍手大吼，莫丘里則瘋狂吠叫，讓這隻罕見的生物衝進空中，在我們頭頂拍打兩公尺長，刺刀般的翅膀，停留了好幾秒鐘，彷彿準備攻擊，然後才飛走。「我們擊潰了敵人，莫丘里！」我笑著大喊。當然這只是玩耍而已。

但即使到現在，我還是不停想著這次遭遇，而我的心臟也莫名地狂跳著。雖然我知道，即使我設法抓住那漂亮海鳥纖細的腳，我當然也不會傷害牠，而會立刻放開牠。我是所有生物的朋友，就像我摯愛的V一樣，不會想對牠們造成任何傷害。（至於被培育來協助主人狩獵狐狸和小動物，以獲取血淋淋戰利品作為獎賞的莫丘里，我就不敢說了！）

一八四九年十二月五日。

我對莫丘里很不高興。我會把這件事記在日記裡，雖然這對後世子孫實在沒什麼重要性。

這隻惱人的狗！當我站在燈塔門口喊著：「莫丘里，過來！我命令你：過來這裡！」牠卻拒絕遵從我的命令。最後那一臉羞愧的㹴犬終於從停屍間那個區域出現，這隻背叛的狗很可能剛才就在那遍佈污穢物種的地方狂喜地滾來滾去，即使牠的主人明令禁止。

那停屍間有什麼吸引力？那裡沒有㹴犬可以追趕的狐狸，只有前一晚被沖上岸的噁心

「獵物」：已死或將死的，各種大小尺寸，各種畸形面孔的魚類、小型章魚和水母、從破碎的殼裡滲出的無脊椎蒼白生物，和一種特別令人反感的黏稠海草，在淺水裡如活生生的蛇一般蠕動，我曾驚異著迷地盯著它看了好久。最後，莫丘里終於回到我身邊，顫抖的尾巴夾在兩腿之間。「莫丘里，過來！好狗狗。」我生性不喜懲罰，但是我知道狗必須被訓練：如果主人沒有做出適當的行為，狗就會變得困惑混亂，到最後便會反過來背叛主人。因此我對莫丘里很嚴厲，舉起拳頭，像是要打牠顫抖的頭，而牠經常滿溢著對我的愛的琥珀色眼中，便會出現動物恐懼的微光。但我不會真的打牠，只會開口責罵。當我之後回到燈塔裡時，這懺悔的動物便會尾隨在後，很快地我們就又是同伴了，狼吞虎嚥我們的晚餐，然後在日落後不久，便沉入昏沉的睡夢中。

（啊，睡眠！當睡眠終於降臨時，是多麼甜美啊！即使我好像一直都待在床上。這幾天我經常是在日出許久之後醒來，而每當我終於從不省人事汗流浹背的沉睡中醒來，似乎很快又會覺得疲憊得無法動彈，又準備要再躺下了。即使我凹凸不平的床聞起來明顯有我的身體和歷任守燈塔人的身體的氣味，但一天到晚拿床單和床墊出去「透透氣」，實在是很麻煩的事，就像每天「換穿便服」和「整裝打扮」，也是麻煩的事。如果我的床單不是那麼清爽，或我的下巴沒有像女士們希望的刮得乾乾淨淨，又有誰會看到呢？莫丘里不會在乎主人忽略一些整理儀容的細節的，真的！）

一八四九年十二月十一日。　很熱的一天。「悶熱」——「麻木」——「一片死寂」。我透過望遠鏡，看到東邊幾公里外風平浪靜的海上有一艘船，但距離太遠而看不清楚，無從得知究竟是美國或英國的船，還是其他國家的。但因為我從不失職，所以莫丘里跟我和平常一樣，毫無例外地，在日落時爬上那些該死的階梯，到大油燈旁，點燃浸在難聞煤油裡的燈芯。那煤油的臭味就算隔好幾個星期後都還會刺痛我們的鼻孔。

到油燈要爬幾階台階？我確定了，一百九十六階。

一八四九年十二月十二日。　很熱的一天。「悶熱」——「麻木」——「一片死寂」。爬上階梯，點燃燈芯，而一陣染著血紅色的霧氣在日暮時飄過天空，遮蔽了所有視線。我不知道外面是否有任何人類會看見這微弱的燈光？會知道在我體內，一個同樣身為人類的靈魂，正淹沒在孤獨裡？

一八四九年十二月十七日。　很熱的一天。「悶熱」——「麻木」——「一片死寂」。然後，正午時，我被一陣憤怒的爭吵聲打擾，那激烈程度猶如米爾頓偉大史詩中天使的交戰，而爭執者是無數種類的龐大海鳥群。焦慮的莫丘里迫切地想讓我知道這件事與牠無關，而事實是一隻來自海中的龐然大物被沖上了岸，尖叫的海鳥正在啄食戳刺，直到牠驚人的骨骸從撕成碎片的肉中顯現出來。啊！那景象多麼恐怖！而現在，那臭味多麼熏人！我如此作嘔，對著葛特霍夫艱難的高深德文，一頁都讀不下去。

然而，我必須為這些好戰的禽類說話，因為牠們是食腐肉的動物，我們需要牠們吞噬掉死去而腐敗的肉，以免這些腐肉很快多過維娜德瑪上活著的生物，將我們徹底摧毀。

一八四九年十二月十九日。 今天，一個嚴重的驚嚇！我深受打擊，不確定是否該記在日記裡。

我暫時將我的普羅泰諾和葛特霍夫擱置一旁，轉而閱讀跟蕭博士圖書室的書一起運來的一疊「費城自然學家學會」的論文。我在其中震驚地發現一篇由貝特恩．蕭理學博士暨醫學博士於一八四六年所寫的文章，標題是：〈極度孤獨對某些哺乳類的影響〉。所謂某些，包括了一隻老鼠、一隻天竺鼠、一隻猴子、一隻狗、一隻貓，還有一隻「健康良好的年輕馬匹」。這些不幸的生物被囚禁在蕭博士實驗室裡的狹小圍欄裡，牠們有充分供應的食物和水，想吃多少都可以，但是無法看到任何自己的同類，也從來沒有人對牠們說話，或撫摸牠們。一開始，這些動物胃口絕佳地狼吞虎嚥，但後來漸漸失去胃口，也失去活力和力氣，睡眠變得斷斷續續，最後陷入某種痲痹狀態。每種物種的死亡方式不同，但都比正常狀況要提早許多。蕭博士因此得意地做出結論：就細胞層面而言，死亡不過是有意識的生物的系統化分解。

因為這些生物被困在孤單狀態下時，似乎也就被困在自己體內，被無聊感「窒息」，而牠們維持生命的精神，某種活躍的電流，漸漸地不再活動。我心臟狂跳，又讀了好幾次這篇論文，不得不佩服其論點在科學上的正確性。但最後，這篇論文（因為燈塔的溼氣而有多處蟲蛀），從我手中滑落到地上。

「蕭博士錯估的是，他的『孩子』絕不是一般的現代人類樣本。」於是我快活地大笑起來，莫丘里蹦蹦跳跳地跑進燈塔，又喘又叫，滿臉希望地看著我：我是因為快樂而笑嗎？啊，為什麼？

一八四九年十二月二十五～二十九日。　忘記了日子，因此也忘記寫日記。我不知道為什麼。

一八五〇年一月一日。新的一年到了，但是，在這燈塔裡，唯一「新的」東西，是我對這背叛的㹴犬憤怒的程度。

叫了牠一整個下午，而現在已經黃昏了。我將獨自開始吃晚餐，唯一的伴侶是《蜘蛛》陰暗難解的字句……雖然我很難專注，但我的眼皮卻因為疲憊，或是因為跳蚤咬而紅腫。我麻木的手指也抓不住該死的筆。因為幾天前一個早上的意外，我現在也「看不見」我自己了。這燈塔裡唯一的鏡子，從我塗了肥皂泡的手指間滑落，在石頭地板上愚蠢地摔個粉碎。「莫丘里！過來這裡，我命令你！」——但毫無回應，只有海鳥的嘲笑聲，和海浪喝醉酒般的喃喃笑聲。

莫丘里是V取的名字。V把被丟棄的牠帶回我們家時，牠又瘦又小，幾乎快要餓死。一開始牠完全是V的狗，但是後來我也喜歡上牠，雖然我對動物不是那麼自在，也不信任犬類那瘋狂的「忠誠」，在我看來，那就像是露出牙齒的虛偽獰笑。但是我相信莫丘里很特別，是最「機靈」的狐狸追蹤犬。牠雖然不是純種狗，但頭、胸、腿的形狀都很漂亮；擁有這個物種常見的敏捷和聰明；熱中於挖掘、鑽探，和找出獵物可能藏身的洞穴；而且活力充沛容易興奮。V因為牠的滑稽行徑而將牠取名為希臘諸神的使者「莫丘里」。牠從還是隻小狗時，就超乎尋常地感情豐富，在V過世時，牠跟我一樣大受打擊，痛不欲生。

不過最近，在我們踏上這南太平洋的冒險之旅後，莫丘里似乎正漸漸恢復。

牠的毛皮是㹴犬常見的雜色毛：捲曲的白毛，點綴著淡棕色、深棕色和紅色的雜毛。但這毛皮最近變得粗糙蓬亂得不像話，因為我沒有時間照慣例幫牠梳理，就像我經常也沒有時間打理自己一樣。（很奇怪，時間似乎無止盡地伸展在我們面前，像這片大海寬闊無垠，可以將我們淹沒，但我卻沒有半點時間做這類事情。）

我承認，或許我也有部分責任，因為莫丘里對我提供的，那暗褐色的，有時候爬了昆蟲幼蟲的餅乾，實在沒什麼胃口。我沒有想到要帶不同種類的食物像是肉罐頭來，又或許也不可能有空間裝這類食物。因為我的食物是完全素的——罐頭和乾燥的水果、蔬菜，以及餅乾與米糕這類穀類製品，還有蕭博士保證「含有豐富養分」的瓶裝泉水。我的禁慾生活，就像V一樣，已經擴展到包含對所有肉類的厭惡，包括在所有生物當中我覺得最噁心的魚類和海鮮。但是我了解㹴犬是完全不同的生物，生來就有狩獵習性，而可悲的是，從莫丘里鼻頭上的證據，和牠越來越難聞的口氣判斷，牠已經開始轉而吃死去生物的腐肉，即使我曾嘗試禁止牠，擔心牠會因此中毒。

「莫丘里！過來，晚餐時間到了。*我求求你。*」但是沒有㹴犬的影子，只有病懨懨的薄暮微光，和海浪拍打的水花聲，還有一種下面傳來的，恐怖的聲響，像是肉、軟骨、骨頭被撕裂的聲音，以及發自喉嚨的，欣喜若狂的咀嚼猥褻的聲音，而我拒絕去想像這是什麼聲音。

一八五〇年一月十八日。 我的生日前夕。但是，我忘了自己幾歲！

一八五〇年一月十九日。 今天的意外是：我儲存的米果被象鼻蟲入侵。我試著用手指挑出來，但最後終於忍不住噁心和嘔吐，只能放棄。

一八五〇年一月二十三日。 我今天發現燈塔底下的岩石地基是卵形的，像是一個畸形的蛋。它比我當初認為的小，直徑不到二十八公尺，但燈塔卻像是比以前更高，因為每晚我都要花更多的力氣，喘更多口氣，才能爬上去點燃那盞油燈，履行我守燈塔人的義務。（在霧濛濛的夜晚，我不禁懷疑這油燈的火焰能否穿透這樣的幽暗，而我的努力又有何意義。因為我看不到也聽不到任何可以被稱為「人類」的東西，而不得不懷疑我的工作只是徒勞無功。）

此外，這燈塔比我原本以為的更深入白堊岩的地底；而燈塔底部的空洞幾乎會讓人幻想是某種住在洞穴裡的物種。（這樣的想像真令人厭惡，因為什麼樣的東西會住在這樣遠低於海平面的洞穴裡？我催促莫丘里去探索這猶如地獄的空間時，牠發出啜泣哀鳴聲，在我手下顫抖得如此厲害，我大笑著放開了牠。）

一八五〇年二月一日。　今天傍晚，我沒有爬上那些該死的階梯，也沒有點燃那該死的燈芯。為什麼？

我看到西班牙帆船組成的船隊。不論是霧氣形成的船形，或是我因眼皮紅腫而產生的幻覺，或是真的船隻，我不知道，也不在乎。這些大膽的船隻要航向麥哲倫海峽和更遠的地方，而我心裡浮現一個卑鄙（但「愛國」的！——讓這日記正式記錄下來）的壞主意，那就是我不打算點亮燈塔，引導這些西班牙敵人。我要讓他們自己在這險惡的海域摸索。「讓船長對他天主教的上帝禱告，祈求祂引導他找到海峽吧。」

一八五〇年二月四日。　熱氣。痲木。萬物呼出的惡臭氣息。雖然現在才不過二月，而更嚴苛的天氣將在三月和四月到來。

與莫丘里的激烈爭執恐怕已經讓牠越來越疏遠我，但我別無選擇，因為牠行為不檢，一再跑到停屍間去，在那裡覓食，在穢物中嬉鬧，還膽敢回到我——牠的主人——身邊，鼻子上沾著血，齒縫裡卡著撕下的內臟，而過去V梳理的光滑毛皮現在糾結成一團，沾著鮮血和難以形容的污物。「雜種狗！你簡直讓我作嘔。」當我舉起拳頭作勢要打時，牠只稍微退縮了一下，充血的眼睛裡瞳孔瞇成一線。這次我沒有克制自己的拳頭，而是一拳打中牠皮包骨的頭。我也沒有阻止自己去踢這隻雜種狗瘦巴巴的背脊。當牠憤怒地豎起頸部的毛，大聲咆哮露出髒污的牙齒時，我伸手去拿我用漂流木做的防身棍棒，朝著這野獸的頭一棒打下，而且打得如此果斷，讓牠當場倒地，躺在那裡抽搐哀鳴。「現在你知道誰是主人了，嗯？不是一隻自甘墮落的家犬樣本，而是現代人種的模範樣本。」

因為我開始了解了，這都是物種的問題。普羅泰諾完全不懂，亞里斯多德也是，葛特霍夫也是，雖然他活到這個世紀。

一八五〇年二月十七日。　現在莫丘里死了。我用石頭將那可悲的遺體覆蓋起來，希望可以阻撓那些食腐屍的生物。

一八五〇年二月二十日。　在這樣的熱氣裡，日子過得很昏沉。我無法哀悼失去的同伴，因為白天時我太疲憊，夜晚時我則因憤怒而太過激動。我在油燈下寫日記，手顫抖得如此厲害，你可能會以為我腳底下的土地在搖晃。因為在一場夢中，我夢到，所有現代人種都在一場烈焰中毀滅了，只剩一個例外：維娜德瑪的守燈塔人。

一八五〇年三月一日。 **獨眼噬菌獸**，我這樣命名牠。最原創也最驚人的生物，會讓荷馬也為之驚嘆的，我所創的可怖的人類祖先。一開始，我不知道獨眼噬菌獸是兩棲動物，現在才發現這種物種，至少在白天，就棲息在石灘邊緣的積水洞穴裡，在夜晚來臨時，才會像特洛伊城的入侵者一樣悄悄出現，四處爬行，吞噬任何牠的爪子、鼻子，和銳利的牙齒所能找到的肉，而莫丘里就是這樣死的。

獨眼噬菌獸基本上也是一種食腐肉的動物，雖然體型比較大的雄性樣本顯然是海灘上的暴君，會長到野豬那麼大，也會攻擊和吞食——活著的，尖叫的！——生物，例如很大隻的蜘蛛蟹（這種生物外型也很恐怖）、一種頭很大的魚，或我命名為**水腦獸**的，恐怖的鱗片會發出磷光的爬蟲類，或一般休憩中，失去警覺在巨石間睡著的海鳥、海鷗，與鷹。而某天晚上，可憐的莫丘里，因為狻犬嗜血的天性，不智地闖進了其中一隻這種可怖生物的領土。我本來希望這日記裡只抒發人類最高尚的情感，因此幾乎難以記下這件事，描述我如何在醒來時，聽到我同伴可悲的呼號。在我聽來，牠像在呼喊：「主人！主人！」而我摯愛的V也跟著牠哭喊，希望我能救牠。於是我拋下我對停屍間的厭惡，跌跌撞撞地來到莫丘里身邊。當時這註定難逃一死的狐狸獵犬已被困在獨眼噬菌獸咀嚼的嘴中，瘋狂地為求生而掙扎。我拚命地用石頭攻擊這怪物般的掠食者，同時拉著莫丘里，哭著喊著，直到最後，我終於讓莫丘里從恐怖的鋸齒狀牙齒中「解脫」出來——啊，太遲了！因為此時這可憐的動物已經有一部分被肢解了，正湧出汨汨鮮血，啜泣哀鳴著，再最後抽搐了一下之後，死在我懷中……

我再也寫不下去了。我覺得作嘔，我被嫌惡的感覺籠罩。門外陰暗的過渡地帶已經不存在了，獨眼噬菌獸已經入侵了。即使是先知葛特霍夫的陰森蜘蛛幻想，也抵擋不住這樣惡魔般的生物！在夢魘中，我摯愛的V出現，責備我拋棄了我們的「第一個孩子」，讓牠淪落到這樣下場。我驚訝地看著V，她的樣子是從我們結婚那天之後，我就再沒有見過的。那時她不過十三歲，如積雪一般超凡脫俗，純潔無瑕。我也聽到她哭泣的聲音，那是我生前從沒有聽過的，這樣的詛咒：

「丈夫，我永遠不會再見你。不論在這個世界或在陰曹地府。」

* * *

一八五〇年（？）不知道哪一天　該死！還要拿起這支筆，用墨水試著在羊皮紙上塗寫！而筆從我爪子般的手指間落下，我大部分的墨水存貨也已經用罄，而我的贊助人（他的名字，我已經想不起來，但我會在海鷗的尖叫聲中聽到他嘲弄的聲音說著**我的孩子！我的孩子！**也看到他該死的臉從雲裡瞪著我），就像我珍貴的書本等等「收藏」都佈滿了蠕蟲和象鼻蟲，而無法閱讀；我的罐頭食物也被蛆污染。全費城的人若看到這樣的景象，可能都會為之戰慄：「那是誰？那個野蠻人？」——驚嚇地後退，接著連淑女們都一起哄堂大笑。「看這人！」[12]

一八五〇年（？）不知道哪一天　我得記得，費城已經毀滅了，還有所有的人類，而「只有我倖存下來，告訴你一切」。

不知道哪一天　在我頭頂旋轉環繞，讓人困惑的階梯，我已經不再爬了。我只模糊記得有個「油燈」——有盞「燈火」，還有守燈塔人。如果莫丘里在這裡，我們一定會一起嘲笑這愚蠢行徑。因為唯一重要的是吃，和吃得好，才能安撫這眾多狂暴侵襲的嘴吞噬我。

不知道哪一天　在絕望和厭惡中，我把最後一些被污染的罐頭丟進了海裡。我也喝掉了最後一點溫溫的礦泉水，而且我用肉眼就看到水裡有半透明的，纖維狀的生物在游泳嬉戲。我好餓，這樣的飢餓難以平息，然而這才剛開始而已。夏天的炎熱也才剛開始而已。

不知道哪一天　雖然不是很快，但我已經學到：莫丘里犯的最大的錯就是在潮水還沒有完全退去前，就去挖掘獨眼噬菌獸的積水洞穴，迫不及待地要去吃那些黏在雌性獨眼獸的奶頭上咪嗚哀叫的多汁幼獸。我則知道該等待，在岩石間等候最佳時機。

很奇怪，晚上，我從我的洞穴出來時，那惡臭已經消失了。

一開始我會遮住眼睛，不去看我的「獵物」——即使我的嘴正狼吞虎嚥地嚼著——但現在我已經沒有時間理會這些枝微末節，因為比較大膽的賊鷗可能會俯衝下來，趁我分心時下手。想都別想！隨著我的飢餓不斷升高，我現在已經毫無羞恥心了。即使是暫時飽足時，我也躺在我的食物的骨頭和軟骨之中，在維娜德瑪令人窒息的熱氣中，不斷幻想著吃更多東西，因為在這地獄般的地方，我已經變成一團內臟，一端是牙齒，另一端是用來排泄的肛門。如果我沒有餓到發昏，我會在吃之前，用漂流木生火，花時間把獵物剝皮／拔毛／去爪／除內臟／去骨頭／煮熟，但是我通常沒有時間做這些事，因為我的飢餓太迫切，我必須在其他生物進食的同時進食，用我的牙齒把骨頭上的肉撕下來。啊，那些註定該死的動物胡亂拍打，尖聲怪叫的臨死掙扎，真是讓我厭煩。這些獵物有：

——所有種類的海鳥，甚至包括比較小的黃喙信天翁。牠們毫無戒心地飛近我在巨石間的藏身處時，就會被我的爪子從空中抓下來。

——大型水母、海龜，和章魚。牠們的肉很堅韌，必須嚼好幾分鐘才吞得下去。

——水腦獸的幼獸（跟鵪鶉一樣嫩，但成熟水腦獸的肉則充滿了筋，而且會引起腹瀉）。

——獨眼噬菌獸的幼獸（特別得我喜愛，吃起來像扇貝的美味珍饈）。

——所有種類的蛋（我跟所有掠食者一樣，一想到有蛋吃就興奮不已。蛋逃不出你的爪子，也不會有任何一點掙扎，豐富的營養全都可以從頭顱——啊！我是說蛋殼裡——吸出來）。

一項不能讓V或我過去在費城常一起廝混的夥伴們知道的悲慘事實是，我，堂堂一個條頓族貴族世系的後代，居然得跟許多低等的鳥類和昆蟲分享他的王國！在這當中，唯有獨眼獸是可敬的對手。這令人著迷的生物是這些物種中演化最高，最聰明的，雖然還遠低於現代人類。我發現牠是一種奇特的兩棲類，巧妙地同時具備了鰓和鼻孔，還有鰭跟腳。即使牠在水裡跟在陸地上一樣行動笨拙不雅，但如果願意的話，牠的行動也可以驚人地敏捷，而且雌性也非常強壯。牠的頭跟人類一樣大，鼻吻突出，有一排排像鯊魚一樣的牙齒；牠豎立而半透明的耳朵酷似人類；牠長度適中的尾巴會像狗尾巴一樣舉起來，或垂著拖在地上，沾染污物。牠最凸顯的特徵就是牠的獨眼——所以我才稱牠獨眼獸！——這眼睛出現在額頭上，是人類眼睛的兩倍大，也跟人類眼睛一樣水汪汪地充滿表情。這器官的新奇處是它能夠快速地從一邊轉到另一邊，並且在必要的時候，從臉的骨頭稜線上伸出來。獨眼獸全身覆蓋著天鵝絨般的毛皮，摸起來非常柔軟，泛著銀紫色的色調，並會在天黑後迅速變暗。我發現，如果用火烤過，獨眼獸的肉是出奇地柔軟。雖然比較成熟的雄性一開始會有種令人厭惡的腐爛血腥的餘味，但慢慢地，味道就會變得很誘人。

想到獨眼獸，就會感覺到，啊！——最強烈也最固執的渴望，讓我不得不放下這讓人疲憊的筆，到石灘的淺水處搜尋，雖然時間還不到黃昏。最近我學會用四肢爬行，讓我的嘴掠過那快活的海浪，看看有什麼東西游來歡迎我。

不知道哪一天　水母，又名美杜莎：　水母活著的時候，那許多透明的，帶著極淡的紅色，讓人想到人體血管脈絡的觸鬚，會螫得人很痛！但是死了之後，這些觸鬚富含纖維，如果跟有嚼勁、像蛇一般扭曲、帶著鹹味的海草一起吞下，會出奇地好吃。　嗚嗚：一種哺乳類蜥蜴，身長約九十公分，有著短而尖銳的四肢，和貓科的尾巴　皮膚上有很深的紋路，像是折過很多次的布料　雄性的鼻吻處會冒出粗糙的鬚　雌性的鼻吻處則有比較軟的細毛　休息時會露出一種表情　同時顯得尖刻又若有所思　像蘇格拉底那樣　我把這種生物命名為嗚嗚　因為牠們互相溝通時會發出一連串低沉悅耳的咕嚕聲：「嗚嗚——嗚嗚——嗚嗚」　在垂死的痛苦中，牠們會像人類女性那樣尖叫，像變得尖銳的女高音歌聲　嗚嗚的肉很有嚼勁，而且會挑起人的慾望　牠們金色的卵像生蠔的肉一樣黏糊糊又散發光澤　我偶然發現嗚嗚的雌性會在這島北邊的潮溼沙地和腐爛內臟上生蛋　嗚嗚的雄性接著像是剛好似地，悠閒地漫步經過　（但是，在狡猾的大自然裡，有什麼是偶然的嗎？）然後經由一個管狀的性器官，對這些卵授精，看起來實在是滑稽地可悲　但是很有效，而這是大自然裡唯一重要的　接著嗚嗚的雄性興奮地將卵收集到像澳洲袋鼠那樣的，肚子上

的一個袋子裡　嗚嗚的雄性要負責滋養這些卵，直到它們孵化成各式各樣搖搖晃晃的，滑溜溜的，顏色蒼白的嗚嗚幼獸，其中母的會有斑點，出生時身長約十公分，生吃就很美味。

獨眼獸是我在這裡最重要的對手，因為這狡詐的生物，可以用牠的獨眼在黑暗中看到東西　而牠突出的鼻子也遠比我的「羅馬人式」高鼻子靈敏　獨眼獸對嗚嗚的幼獸有貪得無厭的胃口，而且似乎經常都在岸邊的淺水處養殖整群的嗚嗚　很像現代人類的做法

我本來可以向自然學家學會報告我的這些發現　但是一切都已經毀滅了　在那場將文明夷為平地的，摧毀世界的烈火裡！

誘人女妖：一種海中佳肴　我會將牠歸類為一種巨大的海中貝類　經常可以在岩石間發現牠從乳白的殼裡溢出　就像女士的胸部從鯨魚骨馬甲露出來　完全是纖維的，肉色粉紅，沒有臉孔的無骨生物　但是在牠顫抖的表面上，你可能可以發現非常模糊的酷似人類臉孔的痕跡　我把這種貝類稱為女妖　因為當牠被塞進嘴裡時，就會開始很淫蕩地震動起來激烈地為求生掙扎　牠的抵抗出奇地挑逗人　那甜美的肉如此緊實，單單一隻女妖就可能要花上一個小時用心咀嚼，而在之後好幾個小時還會讓人覺得飽足　但是，同樣地，這該死的獨眼獸也是跟我爭奪女妖的敵手　而且佔有不公平的優勢：獨眼獸可以張著有一排排鋸齒的嘴，在海裡游泳，而且相信自己不用大腦的本能　這是現代人類（目前）沒學會的！

我叫她**海拉**　我的愛

現在受我保護的海拉　有著明亮眼睛的海拉　在這地獄般的地方，成為我靈魂伴侶的海拉　啊，多麼意想不到啊！

海拉，源自那傳奇特洛伊的海倫，一千艘船為她出征，特洛伊戰爭為她爆發，無數英勇的戰士為她墜入地府　但是，這樣的死多麼光榮，為美麗而死！　我的海拉在我懷中因感激而顫抖　她從未見過我這個物種！這對她是多大的震撼，與啟發　我對她的誓言是永恆的　我的愛是絕對的　一隻處女獨眼獸被一隻發情的雄獨眼獸追逐，衝出石灘上泛著泡沫的海浪，氣喘吁吁而陣陣哀鳴地逃到我身邊　當時正是黃昏，我正焦躁警戒地在彎腰搜尋，一手拿著我的短棍隨時作好準備　海拉突然出現，就像維娜斯從海中誕生　而被我拯救，逃出那淫穢而噁心的禽獸的魔爪，那如此巨大的獨眼獸似乎是個突變種　牠用粗短的後腳站立起來，模仿人類　露出恐怖的牙齒，彷彿要用牙齒將我的喉嚨撕裂　啊！如果牠抓得到我的話！　**但牠抓不到**　於是我勝利地將海拉帶走，她野蠻的同類再也不能佔有她！

這一定是一段時間以前了　如果用以前的計算方式

我從來不確定現在可能「是」什麼「時間」　我已經忘了為什麼這些紙好像很重要　裡面有「月」　裡面有「年」　天氣還是很熱，因為太陽在頭頂靜止不動

我的愛人多麼驚恐，當入侵者吵鬧地上岸來到燈塔　他們顯然是我的「同類」！搭著一艘划槳的小船，母船停泊在一段距離之外　呼叫守燈塔的人　搜尋我拋下的東西，我以前的床，卻沒有發現任何人類居住者　在搜尋失敗後，困惑地離開　我們藏身隱密的洞穴裡，絕不會被找到　而在這白堊岩的臥室裡，海拉生下了孩子　八個沒有毛髮，咪嗚叫著，眼睛還沒睜開的小寶寶，猛力吸吮著她長著絨毛的奶頭　雖然這些幼仔都跟他們的母親一樣，只有一隻眼睛　（那眼睛如此明亮，我凝視著那眼睛深處就不禁陶醉）　但每隻幼仔都毫無疑問地擁有他們父親方正寬闊的貴族額頭　還有像羅馬時代半身像，被形容為「高貴」的我的鼻子　這些寶寶大約重兩磅，剛剛好可以放在我的手掌心裡　啊，憐愛的父親將他們高高舉起！　在落在洞穴上層的陽光裡　（當然是在他們喝飽了奶之後！否則他們會發出尖銳的咪嗚聲，露出小小的牙齒，顯露稚嫩的怒氣）　我喜歡他們的尾巴不像大

多數剛出生的獨眼獸那樣突出　他們的鼻吻也不那麼尖銳　「羅馬式」的高鼻子會慢慢長出來的，我相信　他們的鼻孔遠比鰓明顯　因為海拉不喜歡過去那樣兩棲的生活　而我們已經決定，她的幼仔根本不需要知道那種生活　這些寶貝幼仔將在燈塔的庇護下長大　這建築是為讓我們居住所豎立，不是為其他任何人　因為除此之外，它不可能有別的用途　這是我們在海邊的王國　我們在這裡的窩，沒有人能入侵，因為我已經將其鞏固加強，而我非常強壯　但是要溫柔對待我的愛：因為她的皮膚是如此柔軟，那銀紫色就像水芋最嬌嫩的花瓣一樣　她充滿靈魂的眼睛如此熾熱，全心愛著她的獵人丈夫　我們將一起居住在這裡，而我們將是一個勇敢傑出的不朽種族的先祖　海拉我的愛　永遠永遠。

譯註

1 Viña de Mar，智利Valparaiso省的一個靠海城市，是智利第四大城，也是著名的度假和海邊活動勝地。

2 Poetic Principles，愛倫坡於一八四九年應邀於維吉尼亞州里奇蒙市，發表一連串以「詩的原理」為主題的演說，演說內容後來並集結成書。

3 愛倫坡的妻子是他的表妹Virgina Clemm，結婚時年僅十三歲。她在一八四二年一月某個夜晚，在唱歌彈琴時肺結核病發而吐血，從此臥病不起，後來死於肺結核。

4 愛倫坡於一八三八到一八四四年間，在費城住了六年，並在這段時間成為成功的批評家和編輯，也發表了幾篇最重要的短篇小說。

5 位於美國北卡羅萊納州東海岸。

6 E. T. A. Hoffmann（1776-1822）。德國浪漫主義派恐怖與奇幻小說作家。

7 Bernd Heinrich Wilhelm von Kleist（1777-1811），德國詩人、劇作家、小說家。

8 Jean Paul Richter（1763-1825），德國作家，以幽默小說和短篇故事最為人所知。

9 Plotinus，古羅馬哲學家，被認為是新柏拉圖主義的創始人，其哲學思想集結在他學生所編纂的《九章書》（*Enneads*），對後世的基督教、猶太教、伊斯蘭教等哲學與玄學著作都有重大啟發。

10 Jeremias Gotthelf，原名Albert Bitzius（1797-1854），瑞士小說家。

11 Ulalume，是愛倫坡於一八四七年寫的一首詩，跟他其他幾首詩作一樣，都在描寫主角對於某位女子紅顏早逝的哀嘆。該詩最初是為朗誦而寫，因此特別強調詩句的聲調與押韻，詩中並指涉到許多神話故事。

12 Ecce Homo，拉丁文。在第五世紀羅馬天主教會欽定的拉丁文聖經版本，約翰福音第十九章中，彼拉多將戴著荊棘頭冠的耶穌交給眾人時，說：「看這人！」其拉丁原文就是Ecce Homo。

愛倫坡（Edgar Allan Poe, 1809-1849）

愛倫坡於一八〇九年出生於波士頓一個演藝之家，後因父親離家，母親過世，而被一對富商夫婦收養。愛倫坡與養父關係不睦。他被養父送入西點軍校就讀，但因酗酒等行為而退學。之後他就靠著為報紙期刊等編輯和寫作文章維生。

愛倫坡的作品大致分為三個文類，包括驚悚故事、長詩，以及文學批評。他的詩富有驚人的聲韻技巧，驚悚故事則以豐富的想像力挑動讀者的情緒。他最重要的文學批評作品，《詩的原理》，則是他一系列演講的集結。他在其中闡述他對詩的理念，但同時也批評許多重要詩作，而引起正反不同的評價。

他在一八四五年時發表了長詩〈渡烏〉（The Raven），詩中禮讚死亡，充滿音韻藝術。他因此在文學界成名，但實際上得到的金錢報酬卻極其微薄。

他最早及最忠實的讀者包括了法國詩人波特萊爾與許多歐洲文學家，可說是當時在歐洲最著名的美國作家。

愛倫坡在一八三五年迎娶了當時只有十三歲的表妹維吉妮亞，但維吉妮亞在一八四二年的一場晚餐宴會上唱歌時，突然劇烈咳嗽而大量吐血，此後便因肺結核問題而辭世。美女的紅顏早逝也因此成為愛倫坡許多創作的主題。

妻子臥病後，愛倫坡的吸毒和酗酒問題愈來愈惡化，精神狀況也越來越不穩定，並有種種怪異行為。

一八四九年九月，愛倫坡離家，表示他要經過巴爾的摩，去紐約辦事。結果他在十月三日被人發現在巴爾的摩的街上遊蕩，神志不清，胡言亂語。他被送到醫院後，於十月七日過世。關於他的死因，有種種說法，包括霍亂、狂犬病、傷寒、自殺、謀殺等等，但確切原因至今不明。

愛蜜麗·狄更森豪華複製人

好孤獨！他們怯怯地隔著餐桌對望，櫻桃木桌面上的燭火閃爍不定，如隱約憶起的夢。一個人像是剛剛才想到似的，說：「我們應該買一個豪華複製人，」而另一個立刻回答：「豪華複製人太貴了，而且你也聽過它撐不了一年。」

「才不會！除非——」

「我上禮拜才查過，比例是百分之三十。」

所以丈夫上網去查了。太太留意到這件事，覺得高興。因為她心底一直在渴望，**多一點生命力！多一點活力！**

九年的婚姻。還是十九年？

到了某個時刻，你會突然醒悟：這就是人生給你的。比這更多，你也得不到了。而且**這一切**，你的人生至此得到的一切，還會被從你手中奪走。只要假以時日。

「一個文化人！可以提升**我們**的人。」

柯林先生是稅務律師，專長領域是公司法、跨州商務。柯林太太是柯林先生的妻子，在市郊的哥德綠坡社區素有「慷慨」、「活躍」、「熱心公益」的名聲。他們一起開車到三十公里外，如龐然大物的「新自由購物中心」，那裡有一間「豪華複製人」的專賣店。這間專賣店其實主要是提供目錄訂購，不會比網路方便太多，但是柯林夫婦很興奮可以看到以實體展示的豪華複製人樣品。太太認出了佛洛依德，丈夫認出了全壘打王貝比魯斯、老羅斯福總統、梵谷。這些人像不能說是「栩栩如生」，因為他們都不超過一百五十公分高，五官也按比例縮小簡化，眼神順從而呆滯，原因是聯邦法律嚴格規定任何人造的複製人都不能「按照實際尺寸」，也不能包含「有機」的身體部分，即使有熱切的捐贈者想提供。展示的豪華複製人都處於睡眠模式，還沒被啟動，但是丈夫與太太卻在他們面前看得入神。太太帶著一絲戰慄低聲說：「佛洛依德！偉大的天才，但是有這樣一個人在家裡盯著你看，不會讓人覺得渾身不自在嗎……」丈夫則低聲說：「梵谷！——想想看，就在我們哥德綠坡社區的家裡！不過梵谷有『躁鬱症』，對吧，而且他不是自殺……」

在燈光明亮的店裡，到處是一對對夫妻在急切而低聲地商量。你可以看豪華複製人啟動時的影片，也可以翻閱厚重的目錄。銷售員隨侍在側，熱心提供協助。在供應十二歲以下兒童人物的「豪華複製寶貝」部門裡，討論尤其熱烈。這麼多偉大的運動員、偉大的軍事領袖、偉大的發明家、偉大的作曲家、音樂家、表演藝術家、世界領袖、畫家、作家和詩人，要怎麼選擇？還好，肖像權的限制讓廠商無法製造許多二十世紀知名人物的豪華複製人，大幅減少了可能的選擇（默片時代之後的電視明星和演藝圈人物寥寥可數）。太太告訴一個銷售員，「我想，我決定要一個詩人！你們有……」但是席薇亞·普拉絲[1]的肖像權還不屬於公共財產，羅柏·佛洛斯特[2]和迪倫·托馬斯[3]也是。華德·惠特曼[4]整個四月都有打折促銷，但是太太非常猶豫：「惠特曼！哇，想想看！但他不是……」（這位太太雖然絕對不是衛道人士，甚至不像她在哥德綠坡社區的鄰居，是有傳統中產階級道德觀的女人，但還是說不出同性戀這幾個字。）丈夫在詢問畢卡索，但畢卡索還沒有上市。「那羅特克[5]呢？」太太笑著對銷售員說：「不好意思，我先生自認是藝術行家。我相信『豪華複製人』公司應該根本沒有人聽過羅特克。」銷售員在電腦上查詢時，丈夫固執地說：「我們可以買小時候的羅特克。他們有『加速模式』，讓我們可以目睹一個開創性的藝術家的養成……」太太說：「可是這個羅特克不是很憂鬱嗎？他後來不是自殺了？」而丈夫不耐煩地說：「那席薇亞·普拉絲呢？她也自殺了啊。」太太說：「可是，我相信，她如果跟我們在一起，住在我們家，一定不會自殺。我們會給她全新的、良好的影響。」銷售員回報沒有羅特克。「那你們有哈波嗎？『二十世紀美國畫家愛德華·哈波[6]』？」但哈波的肖像權還受到保護。太太突然說：「愛蜜麗·狄更森！我要愛蜜麗·狄更森！」銷售員問名字怎麼拼，然後迅速地打進電腦裡。丈夫很吃驚看到太太這麼興奮，最近這幾年來，柯林太太已經鮮少這樣像個少女，這樣不設防地，在公共場合把手放在他的手臂上，紅著臉說：「我心底一直覺得自己是個詩人。小時候，我緬因州的露米絲奶奶給了我一本她的

『詩集』。我們剛認識的時候，我給你看過我最早的時候寫的詩，其中一些……真可悲，現實生活讓我們越來越遠離……」丈夫安慰她：「那就愛蜜麗‧狄更森吧！至少她會很安靜。詩也不會像六尺的畫布那麼佔空間，也不會有味道。而且據我所知，愛蜜麗‧狄更森也沒有自殺吧。」太太喊道：「喔，愛蜜麗沒有自殺！而且事實上她經常在照顧生病的親人。她是家裡的天使，總是一身純白無瑕。她也可以照顧我們，萬一……」太太話只說到一半，不安地咯咯笑了兩聲。銷售員唸出電腦螢幕上的字：「愛蜜麗‧狄更森，一八三〇至一八八六年，備受景仰的新英格蘭女詩人。柯林先生，柯林太太，你們運氣真好，這個『愛蜜麗』是限量版，就快絕版了，但到四月前還可以打八折買到。愛蜜麗‧狄更森豪華複製人設定為從三十歲到五十五歲，這位詩人過世的年紀，所以顧客可以擁有她二十五年，而且可以隨你們的意思加速，甚至可以倒轉，但是當然沒辦法倒回三十歲之前。限量供應到……」太太很快地說：「我們要這個！要她！麻煩你了。」太太與丈夫緊握著彼此的手。在那一刻，他們之間突然傳過一股包含著暖意、溫情，和孩子氣期盼的顫抖。彷彿出乎意料地，在即將跨進新生活的門檻前，他們又成了年輕的愛侶。

即使打折，「愛蜜麗‧狄更森豪華複製人」的價格還是很可觀。但是柯林夫婦生活優渥，又沒有孩子，連寵物都沒有。「比起養一個孩子的花費，包括大學學費等，『愛蜜麗』的花費只是九牛一毛……」柯林太太興奮不已，根本連看也沒看，就在文字印得密密麻麻的好幾頁合約上簽了名。柯林先生的工作就是細讀這類文件，因此多花了一點時間。「愛蜜麗．狄更森豪華複製人」將在三十天內送達，保證期限半年。

這個銷售員用很真誠的態度提醒道：「柯林先生，柯林太太，相信你們都了解，你們買的豪華複製人跟原來的本人，**並不是一模一樣**。」

「當然！」柯林夫婦笑起來，表示他們沒這麼傻。

這位銷售員繼續說：「但是有些顧客，雖然已經聽過詳盡的解釋，卻還是很堅持期望看到**真正的本人**，並在發現事實並非如此時要求退錢。」

柯林夫婦笑道：「我們不會的。我們沒那麼傻。」

「嚴格說來，豪華複製人事實上是由一個電腦程序驅動，製造得唯妙唯肖的人體模型。這個電腦程式是原始本人的精華篩選版本，就像是藉由豪華複製人公司的天才創意，抽取出他本人的精髓，或者——如果你相信這種想法的話——也可以說是靈魂，然後重新灌注在一個全新的環境裡。我想，你們應該看過報導，知道我們已經獲得令人興奮的突破，可以大幅延長複製人原本的壽命。例如針對英年早逝的本人，例如莫札特。我們可以給**莫札特豪華複製人**比原本長很多的壽命，讓他可以創造出更多，更多的作品。你們訂購的愛蜜麗・狄更森豪華複製人是模擬歷史上的『愛蜜麗・狄更森』，但是當然不像原來的本人那麼複雜。每個豪華複製人都各不相同，有時候差異相當可觀，而且也無法預料。但請千萬不要預期你們的豪華複製人會像是『真』的人，因為你們已經看過合約，一定知道他們並沒有配備消化系統，或是性器官，或血液，或是『一顆溫暖跳動的心』——不過不要失望！根據他們的程式設定，他們會對新環境有多少類似原始本人的反應，雖然是以比較簡化的方式。當然，不是所有豪華複製人都會適應得很好，也不是所有家庭都很適合他們。你們也知道，美國政府禁止豪華複製人出現在私人家戶領域之外，否則我們就會有拳王傑克・鄧普塞與傑克・鄧普塞[7]對打的拳擊賽，或兩隊全都是全壘打王貝比魯斯的棒球賽了。男運動員是最暢銷的商品，但他們其實不適合一般家庭，因為根據法律規定，主人不可以讓他們到戶外運動。可是他們就跟大麥町、惠特比犬或獵犬一樣，都需要每天運動，而我不得不承認，這確實引起了一些問題。但你們選的詩人實在太理想了，因為『愛蜜麗・狄更森』似乎從來不出門！恭喜你們做了一個明智的選擇。」

柯林夫婦在興奮昏眩的狀態中，並沒有完全聽清楚這個銷售員說的一切，但此刻他們跟他握了手，謝謝他，準備離開。他們決定了這麼重大的事，而且是在這麼短的時間內！在開回哥德綠坡社區的車上，太太竟快樂得突然哭了起來。雙手緊抓著方向盤的丈夫，兩眼直直望向前方，只希望不去想我們做了什麼？我們做了什麼？

為了迎接貴客到來，太太買了《愛蜜麗．狄更森詩作全集》，好幾本傳記，還有一本巨大的攝影集，《安賀斯特的狄更森家族》。但是她大多數時候都坐立不安，無法安靜地坐下來看書，她尤其難以看懂狄更森雜亂糾結，謎語一般的小詩。她於是埋頭於準備豪華複製人說明書上規定的「恆溫恆溼，適當的環境」，以預防豪華複製人在過度的溼氣／乾燥下，產生「機械退化」。她還在古董店裡買到許多類似這個詩人臥室裡的、當時風格的家具家飾：一張一八五〇年代，桃花心木製，前後有高起床板的「雪橇」床，窄到像是孩子睡的，加上一床象牙色的編織被子，和一個花色相同的鵝毛枕頭；用看起來磨得發亮的結實楓木做的四抽衣櫃；一張小寫字檯，和其他相稱的桌子，太太並在桌上放了蠟燭。太太也找到兩張有編織椅墊的直背椅，和薄紗般的白色棉布窗簾，掛在房間的三個窗戶上，還有圖案細緻的米色壁紙，跟一盞大約是一八六〇年生產的白色玻璃煤油燈。她不可能奢望複製愛蜜麗臥室牆上那些裱框的肖像，那些想必是她的祖先，但她找到一些不知名的十九世紀紳士的畫像，同樣地陰沉、若有所思，如鬼魂一般。在當中，她還掛上了她許多年前過世的露米絲奶奶的畫像。當房間終於準備完成，而丈夫也進來欣賞驚嘆過之後，太太終於在那張小得不實用的寫字檯前坐下來，面對著一扇流瀉著春日陽光的窗戶，拿起一支筆，然後等著靈感降臨，準備寫作。

「我嚐到一種酒……」

但是沒別的了，現在還沒有。

第一件令人震驚的事：愛蜜麗是這麼小。

當「愛蜜麗．狄更森豪華複製人」被運到柯林家，拿出箱子，直立起來後，這個據稱三十歲的女人看起來更像是營養不良的十歲或十一歲女孩，身高甚至不到太太的肩膀。雖然柯林夫婦已經看過連貝比魯斯也被縮小了，但他們還是沒有準備好看到他們的詩人伴侶這樣矮了一大截。豪華複製人公司所用的模特兒似乎是這個詩人唯一留下來的，她十六歲時拍的一張銀版攝影相片。她的眼睛大而深色，而且怪異地沒有睫毛，她的皮膚則是象牙般蒼白，如紙張光滑。她的眉毛比你想像的粗，更濃，線條更分明，像男孩子的眉毛。她的嘴也出乎意料地寬而豐滿，在那窄小的臉上彷彿透著一絲不屑。她深色的頭髮在頭的中央一絲不苟地中分，然後密實地往後梳，緊緊梳成一個髮髻，像一頂帽子，蓋住了她小小的耳朵的大部分。愛蜜麗．狄更森豪華複製人穿著深色的長袖棉質洋裝，裙長及膝，加上細得難以置信的腰肢，看起來更像是個萎縮的娃娃修女的屍體，而非一個三十歲的女詩人。非常緊張的丈夫搞不清楚該怎麼操作遙控器，就像他碰到這類設備時常有的情形。上面有好幾個功能選項，而他已經開始不耐煩地按著數字。「『睡眠模式』。這玩意到底該怎麼『啟動』？」但丈夫必定是碰巧按到正確的按鍵，因為愛蜜麗・狄更森豪華複製人發出喀啦一聲和低沉的嗡嗡聲，一秒鐘後，那對沒睫毛的眼睛就活了起來，無神卻警醒，迅速地四下張望，然後停在站立在這個人像面前約一公尺半左右的柯林夫婦身上。現在那窄小胸腔裡的肺開始呼吸了，或者是詭異地模擬著呼吸的樣子。那豐厚的嘴唇移動，露出一個像是微笑的，轉瞬即逝的苦笑，但沒有發出任何聲音。丈夫喃喃地吐出一句尷尬的招呼：「狄更森小姐——愛蜜麗——哈囉！我們是……」丈夫介紹了自己和柯林太太，而在此同時，愛蜜麗・狄更森則是眨眼，睜大眼睛，除了頭稍微歪了一下，一雙小手絞在一起以外，便文風不動。「愛蜜麗，歡迎你遠道而來，到我們位於紐約市哥德綠坡的家！不曉得你覺得……」丈夫猶豫地說，但他已經盡可能地表示出最大的誠意，就像在工作上他時常被要求對年輕的同事表示歡迎，讓他們覺得自在，即使他自己顯然都不自在。太太靦腆地說：「親愛的愛蜜麗，我……我希望你叫我麥蒂琳，或……麥蒂就好。我是你在哥德綠坡這裡的朋友，而且我很愛……」太太突然漲紅了臉，因為她說不出「詩」，害怕自己被誤認為是做作愚蠢的郊區家庭主婦；但是說出「愛」這個字，又沒把話說完，也同樣讓人尷尬不自在。愛蜜麗．狄更森豪華複製人垂下仍快速閃動的眼睛。她仍然直挺挺地動也不動，似乎在等候指示。丈夫感到一陣懊悔，失望。在豪華複製人的店裡，他為何要縱容太太一時興起的怪念頭！他根本不想讓一個神經質的女詩人進他的家門，他本來想要的是活力充沛的男藝術家。太太滿懷希望地對愛蜜麗．狄更森豪華複製人微笑。看到這孩子般大小的愛蜜麗，穿著扣鈕子的小鞋子，雙手扭著一條白色蕾絲手帕，太太心底不禁升起一股憐愛。她纖細的脖子上繞著一圈絲絨緞帶，在她喉頭處交叉，並用一個浮雕別針固定住。愛蜜麗這麼膽怯，也是理所當然的：她一定完全不知道自己身在何處，柯林夫婦是什麼人，自己是醒著還是在做夢，又或者在她這樣奇異的變化狀態下，清醒跟夢境之間有沒有區別。在裝著她的箱子裡，跟著一起送來的還有一個應該是裝著她衣物的行李箱、一個旅行袋，還有一個用紅色緞布蓋起來的，應該是縫紉盒的東西。太太說：「親愛的愛蜜麗，我很樂意幫你整理東西，但是我想你現在可能比較想獨處，是吧？哈洛跟我會在樓下，你隨時想下來的話……」太太的口氣遲疑但溫暖。柯林太太對狄更森豪華複製人同時感到害怕，又強烈地受到吸引，像是見到一個失散多年的妹妹。那一瞬間，愛蜜麗的眼睛對她抬起了一下。那突然而銳利的眼神彷彿認定了她（是姊妹？）。那對小手繼續絞著蕾絲手帕，顯然詩人希望男主人和女主人消失。

柯林夫婦轉身要離開時，第一次聽到狄更森豪華複製人細小如耳語的聲音，小到幾乎聽不見：「是　謝謝　先生太太　我　非常　感謝。」

在樓梯上，太太緊抓著丈夫的手臂，用力到他可以感覺到她指甲的壓痕。她喘不過氣來地低語：「你想想看，愛蜜麗·狄更森來跟我們住了。這本來是根本不可能的事，但那真的是她。」丈夫覺得震撼而不安，不耐煩地說：「別傻了，麥蒂琳。那不是『她』，那是個假人，『她』是個很精巧的電腦程式，她是個『東西』，而我們是她的主人，不是她的朋友。」太太突然厭惡地推開丈夫：「不，你錯了！你也看到她的眼睛了。」

那天晚上，柯林夫婦等著住在家裡的客人加入，一開始是在晚餐時，接著是在客廳裡，太太還在壁爐裡生了火，而平常這時候都在看電視的丈夫也坐在客廳裡看書，或者說試著閱讀一本名為《神奇宇宙》的新書；但好幾個小時過去，令他們失望地，狄更森豪華複製人並沒有出現。他們有幾次聽到頭頂響起微弱的腳步聲，地板嘎吱作響，鬧鬼般的聲音。但如此而已。

在之後氣氛緊張的幾天裡，詩人都一直隱居在房間裡，雖然太太極力勸她隨意在屋裡

「四處走動」。她說：「愛蜜麗，現在這就是你家了。我們都是你的……」但她猶豫著說不出「家人」這個字，因為家人似乎意味著親密，熟稔。到週末前，他們開始看到愛蜜麗出現在房間以外的地方，像森林裡行蹤神祕飄忽的動物，驚鴻一瞥後就消失無蹤。「你看到她了嗎？剛才那是她嗎？」當一個幽靈般的身影無聲地飄過門口，或轉過角落，然後立刻消失時，太太便會這樣對丈夫低語。丈夫冷酷地說：「不是『她』，是『那個東西』。」於是丈夫盡可能頻繁地躲到公司的辦公室去。

愛蜜麗仍舊像修女似的，每天穿著那件深色的長洋裝，但在洋裝上面，在腰間緊緊地綁上了一件白色的圍裙。雖然她似乎對太太的懇求邀請——「愛蜜麗，親愛的？等等——」——置若罔聞，但是太太開始發現廚房在她不在時整理乾淨了，地板掃過擦亮了，甚至花瓶裡還插上了幾枝帶著黃色花苞的金鐘花！——證明愛蜜麗其實不是那麼足不出戶，她能在沒有人發現時，去後院剪下金鐘花的花枝。因為愛蜜麗喜歡忙個不停：打掃家裡，烘烤麵包（她最擅長的是摻了糖蜜的黑麵包）和派餅（大黃餡餅、碎肉餡餅、南瓜派），幫忙太太做飯（太太曾在紐約一間很正式的烹飪學校上過課，但是學過的東西大都忘光了）。太太很愛聽她的詩人朋友自顧自地輕聲哼歌，而當她坐在灑滿陽光的窗戶旁繡花，或編織、刺繡時，歌聲最是輕快活潑。愛蜜麗也常會暫停手邊的工作，在一張紙片上寫一些字，然後快速地塞進圍裙口袋裡。如果太太就在旁邊，而且看到了，也一定會假裝沒看到。**她已經開始寫詩了！在我們家裡！**

太太熱切地等著詩人跟她分享她的詩，因為她們倆畢竟是心靈伴侶啊。

雖然愛蜜麗不可能喝茶，或是任何食物或飲料，但她對下午茶的儀式有種孩子氣的喜好，堅持要為太太端上現泡的英式茶（「茶包」讓女詩人震驚而生氣，她連碰都不肯碰），配上切邊的小黃瓜三明治，和她稱為淑女手指的細長香草餅乾。太太不忍心告訴她說自己向來很少喝茶，因為這儀式對愛蜜麗而言似乎意義重大，顯然可以讓她回想到她失去的、以前在麻州安賀斯特莊園的生活。「愛蜜麗，拜託你來跟我坐，好不好？」太太的懇求必定是太過露骨，或者太大聲，因為愛蜜麗皺起眉頭，但她還是把她小小的書本放在一旁，來到房子後方一間灑滿陽光的玻璃屋，陪太太一起喝茶。她就像孩子一樣，因為還不能喝像紅茶這麼濃的飲料，因此用手指包住注滿熱茶的杯子，像是吸取茶的暖意一般，就已經心滿意足。（這詩人的手指多麼纖細啊！太太心想，不知道狄更森豪華複製人能不能「感覺」到熱度。）「愛蜜麗，你剛才在看什麼書？」太太問道。而愛蜜麗迴避太太的目光，像在說悄悄話似地，模糊地回答：「……沒什麼，柯林太太，一些詩而已。」太太注意到這嬌小的女人顫抖地坐在她身邊，但儀態如此完美；太太也注意到她細緻的深色頭髮閃閃發亮（那似乎是天然的，「真人的頭髮」，而非合成纖維），還有她讓人嚇一跳的微笑，那突然一閃，參差不齊，如老舊鋼琴琴鍵般顏色發黃，孩子氣的牙齒。那微笑裡有種近乎肉慾的感覺，讓太太驚惶不安，因為這樣的微笑在她一生中非常稀有，而且從很久以前開始，就已經完全消失了。太太猶豫遲疑地說：「親愛的愛蜜麗，我覺得，我們好像互相了解？是不是？我奶奶露米絲……」但太太根本不知道自己在說什麼。詩人小而蒼白的臉上彷彿閃過一陣哆嗦。她抬起目光，正對太太的眼睛，像刀片一閃而過，像在嬉戲，或嘲弄。詩人很快地站起來，把弄髒的下午茶餐具端進廚房，仔細地清洗茶杯，擦乾；然後把所有東西清理乾淨，讓廚房一塵不染。太太笨拙地抗議：「可是，愛蜜麗，你是個詩人，讓你做這些事實在太——」但詩人用她耳語般的聲音說：「太太，僅僅身為『詩人』——並不是『人』。」

於是，看似纖弱嬌小的愛蜜麗，卻散發出頑固堅定的意志。太太走開時，覺得深受震撼，也深受感動。

日子一天天過去，太太變得很少出門，因為她入了迷，著了魔。然而愛蜜麗仍只在近處盤桓，像一隻蝴蝶，從來不在任何表面上停留。愛蜜麗迴避跟人親近，即使只是像姊妹；而且對她的詩隻字未提。太太滿意地發現丈夫跟詩人毫無感情可言，他用他生硬正式的口氣跟詩人說話，彷彿他真的是在面對一個機械驅動的假人，而不是一個活生生的人：「喔，愛蜜麗，嗨！愛蜜麗，你今晚好嗎？」丈夫擠出一個令人毛骨悚然的微笑，不自在地舔舔嘴唇，而太太發現這動作可能讓詩人很厭惡，因為愛蜜麗只是露出她一閃而過，皮笑肉不笑的微笑，然後看在太太的份上，做了個可能有（幾乎難以察覺的）嘲諷意味的屈膝禮，便低下頭，以絕不可能是真心的溫順女性姿態，喃喃說出像是「很好　先生　謝謝」的話，便在丈夫能想出下一個庸俗問候前，悄悄地溜走了。太太笑起來，愛蜜麗．狄更森真的完完全全是屬於她的。

但是，儘管太太經常看到愛蜜麗在看一冊又一冊她稱之為詩歌的，朗費羅8、布朗寧、濟慈等人的書，也經常看到愛蜜麗匆匆地在小紙片上寫東西，塞進她的圍裙口袋裡，又儘管太太強烈而充滿期盼地暗示她對詩的愛好，愛蜜麗還是不曾給太太看她寫的詩，就跟她不給丈夫看一樣。太太看著愛蜜麗在廚房裡，或坐在她喜愛的，某一扇灑滿陽光的窗戶旁，不由得感到孤單與失落的痛楚。她已經知道，只要她從詩人背後悄悄接近，就可以很靠近她，因為豪華複製人公司刻意設計讓主人可以這樣接近複製人。不論是任何人或任何東西，只要沒有出現在複製人的視野內，或者沒有發出明確的聲音來警示複製人的聽覺機制，他們就無法察覺。這真是刺激！在這種時候，太太都會因為自己居然敢做這麼大膽的事，還敢冒著詩人突然轉頭發現她的風險，而緊張地渾身顫抖。但她覺得自己無法抗拒被愛蜜麗低聲而熱烈的哼唱所吸引，那哼唱就像是貓的咕嚕聲：一種全然的滿足，親密又誘人。由於太太如此強烈地被愛蜜麗吸引，終於在五月中時，著了魔似地做了一件很不尋常的事：

她拿了豪華複製人的遙控器。在此之前，她幾乎碰都沒碰過這個裝置。而此刻，她站在她的詩人朋友背後，關掉了**啟動模式**，進入**睡眠模式**。

睡眠模式！就這樣，喀啦一聲，自從丈夫幾星期前啟動了狄更森豪華複製人之後，這個栩栩如生的假人第一次在原地靜止不動。就像電視機被關掉一樣。

詩人原本正在廚房裡削馬鈴薯皮。這樣簡單的手工勞動很明顯地會讓她開心。她以為沒有人在看，因此好幾次停下來，在圍裙上擦一下她靈巧纖細的手指，用短鉛筆頭在一張紙片上潦草地寫了些東西，然後把紙片塞進圍裙口袋裡。但在那聲**喀啦**！之後，太太小心地靠近詩人靜止不動的形體，喃喃說：「喔，愛蜜麗，親愛的！你聽到我說話嗎？」——即使這人形缺少睫毛的深色眼珠已經變得黯淡呆滯，而且這位詩人朋友現在也明顯對太太的存在毫無知覺，就像假人一樣。

（但是太太還是打從心底相信，愛蜜麗只是睡著了。「愛蜜麗當然是**真的**。我知道。」）

太太花了一點時間，才鼓足勇氣去碰觸愛蜜麗：她袖子的堅硬質料；那緊繃光滑，聞起來有些許金屬氣味的頭髮。那紙張般光滑的臉頰。那微張的嘴唇在如此近的距離看來仍栩栩如生，就像太太自己的嘴唇。太太差點就要衝動地突然彎身下去，親吻她朋友的嘴唇！（太太上次親任何人的嘴唇，或有任何人親她的嘴唇，都已經是很久以前的事。因為她和先生從來不是熱情的人，即使在新婚燕爾時也一樣。）但是太太沒這樣做，而是把手伸進愛蜜麗的圍裙口袋裡。當她拿出好幾張紙片時，她覺得自己就要昏倒了。

太太以她幼稚的思考認為，愛蜜麗不會發現少了一張紙片，或者會以為是自己弄丟了。太太把寫了最多字的紙片留下來看。當她彎身靠近詩人，把其他紙片放回圍裙口袋時，突然發現自己臉頰上感覺到的是什麼：**另一個女人的溫熱氣息**。

她慌張起來，踉蹌地倒退，撞上了一張椅子！喔！

即使激動緊張，太太還是設法往後退，離開這個凍結在削馬鈴薯動作中的人形，然後在廚房門邊停下來，按了遙控器上的**啟動模式**——因為她不能讓愛蜜麗保持著睡眠模式被丈夫發現。那令人安心的喀啦聲響起，像電視機的音量被轉開，而太太隨即逃離現場。

為什麼——我——

在哪裡——我——

什麼時候——我——

還有——你？——

一首詩！愛蜜麗．狄更森寫的一首詩！詩人用小學生般細小工整的筆跡親筆手寫，只要靠近細看，就可以看得很清楚。太太急切地查詢《愛蜜麗．狄更森詩作全集》，確定這是一首完全原創的詩，只可能是在哥德綠坡社區，在柯林家的家裡寫出來的。

她犯的錯是，把它拿給丈夫看。

「是謎語，是吧？我不喜歡謎語。」

丈夫皺起眉頭，拿著紙片對著燈光，透過他的雙焦點眼鏡，瞇著眼睛看。這付眼鏡還相當新，只配了幾個月，而丈夫似乎厭惡必須戴這眼鏡，因為他還沒老。

太太抗議：「這是詩，哈洛。愛蜜麗．狄更森寫了這首詩，是一首全新的『狄更森』的詩，在我們家寫的。」

「別胡說八道了，麥蒂琳。這不是詩。這是電腦印出來的玩意，把幾個字弄得像詩一樣，來嘲弄人，折磨人。我跟你說了，我不喜歡謎語。」

丈夫似乎要把那珍貴的小紙片撕成碎片，太太趕緊將紙片拿過來。

她會將這紙片跟她最寶貴的東西收藏在一起。想想看，有一天，當她跟愛蜜麗真的成為親密的詩人姊妹時，她就會把這紙片拿給愛蜜麗看。她們會一起對這起「扒手」事件大笑，而愛蜜麗會在這小詩上簽名，寫著給親愛的麥蒂。

「我討厭謎語，我也討厭她。」

丈夫也開始把狄更森豪華複製人當作是她，而不是一個東西了。

在丈夫的想像裡，這女詩人已經成為一種折磨和嘲笑。他的家曾是他的避風港，他離開下曼哈頓瑞克特街的辦公室後，通勤五十分鐘後才能得到的舒適慰藉。但現在他每次走進家門，就會緊張地察覺到盤桓在他眼角的，鬼魂般飄來飄去，鮮少進入他視線焦點，他太太愛憐地叫喚「愛蜜麗」的身影。豪華複製人公司曾保證，讓一個豪華複製人進家門，將會使你的生活更充實，更提升，「更有價值」。但是對丈夫而言，事實絕非如此。他跟「愛蜜麗」的對話都生硬而正式：「呃，狄更森小姐——我是說，愛蜜麗——你今晚好嗎？」或者，照著太太的建議：「愛蜜麗，你願意晚餐時，來陪我們幾分鐘嗎？我們好少看到你。」（丈夫當然知道，愛蜜麗沒有腸胃系統，不可能跟他們一起「吃飯」。但他知道愛蜜麗有時候會跟太太一起喝茶，似乎還會聊天。）（她們到底聊些什麼？太太總是含糊其辭。）好幾次丈夫坐在書桌前，瞥見詩人幽靈般的身影出現在他書房門口，但是他一回頭，她就像隻受驚的小鹿一樣瞬間消失。他跟柯林太太在起居室裡看電視時，曾不止一次察覺那詩人徘徊在外頭的走廊上，但一旦他們叫她，她就會面帶驚慌和不屑地躲開。（畢竟，對一個足不出戶的一八六〇年代年輕女子而言，那如慌張的魚一般在光滑螢幕上飛來飛去的電視畫面，是多麼詭異又低俗！）詩人也無法被勸誘去看看《紐約時報》，雖然丈夫有一次撞見她震驚而出神地盯著這報紙頭版上一張恐怖的彩色照片，照片裡是中東一次血腥爆炸案後，像被丟棄的衣服一樣四處散落的屍體。「呃，愛蜜麗，你想看的話，可以把報紙拿去看。」丈夫說，但愛蜜麗避開他，同時也避開那沉重的報紙，喃喃地，用一種沒有抑揚頓挫，怪異的聲音說：「謝謝你老爺但我想——不用了——。」

老爺！丈夫至今還不習慣詩人古老的說話方式，惱怒的同時又有點著迷。

但是跟一個電腦控制的假人說話本來就很荒謬——不是嗎？如果被下曼哈頓瑞克特街三十三號的事務所同事看到，丈夫一定會覺得很丟臉。然而他發現自己常會盯著纖瘦怪異的「愛蜜麗」的背影。她比柯林太太嬌小那麼多，顯得年輕那麼多，總是鬼魂般出現在他眼前，又隨即消失，留下一抹淡淡的香氣——丁香花嗎？
化學調製的丁香花香氣。但很誘人。

「『愛蜜麗』。」

太太為了家中貴客如此癡迷裝潢的詩人房間，自從她來了之後，丈夫就再也沒有進去過。丈夫站在樓上那房間（關著）的門外，靜悄悄地站著。他想，**這是我家，這是我的房間，如果我想進去，我當然有權利**。但他沒有移動，只是把頭靠向門上。他大膽地將耳朵壓在門上，耳朵隨著他自己體內神祕的血液脈動，感覺到奇異的溫熱。

裡頭，傳出沉悶的啜泣聲。

丈夫後退一步，大吃一驚。假人不可能哭的——可能嗎？

六月。柯林家位於哥德綠坡社區雉雞巷的英國都鐸式房子，五個房間的窗戶都敞開著，迎接陽光與和煦溫暖的空氣。詩人開始比較常出現在樓下。現在詩人也比較常穿白色。

鬼魂般微微發亮的白色！如褪色象牙的白色，像一件新娘禮服，散發著黴、樟腦丸，和憂鬱的氣味。

太太認得這件洋裝：愛蜜麗．狄更森身後唯一留下的一件白色洋裝，但這件當然一定是仿製的。

洋裝的質料似乎是細緻的薄棉布，上半身處有垂直的打褶皺縮，寬大的清教徒式大圓領，以及從頸子處開始，一定要花不少時間才能全部扣好的無數顆包布釦子。袖子又長又緊，裙子則拖到地上。如果你聽不到詩人飄然來去的腳步聲，可能會聽得到她裙子的呢喃。「愛蜜麗，你這樣真好看。真是……」但太太遲疑著不想說漂亮，因為漂亮這個字眼實在太無力，太庸俗。或許詩人可以像剃刀般銳利地運用漂亮這個字——她對她漂亮的文字運用自如，如揮舞刀片一般——但也只能是用於反諷的意思。而且這個緊繃、急迫、顫抖如蜂鳥似的女人，也不會讓你想到漂亮。

從四月時來到這裡，從包裝箱裡被拿出來之後，愛蜜麗第一次笑了。那輕聲的，孩子氣的聲音，低沉而令人激動：「親愛的麥蒂琳，你也很『好心』啊。」詩人快速伸出意外強壯的手指，緊緊捏了太太的手指一下，又隨即鬆開。

太太驚訝不已：愛蜜麗在逗她嗎？她？

我將自己藏在我的花裡，
從你的花瓶裡凋萎的花，
你，渾然不覺地，愛戀著我——
幾乎是一種孤獨。

太太在《詩作全集》裡發現這首詩，是詩人三十四歲時寫的。這表示還要再四年，愛蜜麗才會在柯林家裡寫出這首詩！

一個溫暖的傍晚，夏日的天光仍明亮，在柯林夫婦的驚訝中，穿著如鬼魂的蒼白詩人，突然屈服於太太一再的請求——希望她在晚餐時能與男女主人「坐幾分鐘」，「聊一下子」。終於，這害羞到發抖的詩人在丈夫面前坐了下來。「呃，愛蜜麗。你要不要喝一杯……」丈夫必定是因為她的出現而大受震撼，以致於忘了她根本沒有消化系統！

太太責備他：「哈洛！你真是的。」

詩人偷偷摸摸地低聲說：「老爺不用！我想　不用了。」

那一天，詩人幫柯林夫婦烤了她的拿手糕點之一：口味非常濃郁，非常重的巧克力蛋糕，配上大量的鮮奶油。當然，這美味的蛋糕，她一小口都不能吃。

「親愛的愛蜜麗，你煮的拿手好菜已經把我們寵壞了，現在又烤了個這麼特別的『黑蛋糕』，可是你是詩人啊！」太太已經演練過這一小段話，但是看到詩人在燭光照耀下的臉不悅地皺起眉頭，還是說得結結巴巴：「——你是——而且——哈洛跟我都很希望——你可以跟我們分享一首詩，就今晚吧。拜託你！」但詩人彷彿縮了起來。她纖細的手臂交叉在微微發亮的白色緊身上衣狹窄的縐褶前，彷彿她突然覺得冷；有那麼一刻，太太擔心她會逃走。為了鼓勵她，太太開始朗誦：「我把自己藏在我的花裡——從花瓶裡凋萎……你，看見我，想念我？——感覺孤獨……」太太停下來，她的腦袋一片空白。丈夫無視於太太不贊同的皺眉，啜飲著酒，他最近每晚都喝酸澀深紅的法國葡萄酒。他眼睛瞪著太太，彷彿她開口說出一種外國語言：她似乎說得不好，但光是她會說這種語言，已經令人震驚。詩人同樣瞪著太太，羞怯的深色眼睛牢牢盯住太太的臉。

太太是個結實豐滿的女人。太太很容易臉紅，以致於你會以為她很容易被嚇到、被勸退，但其實你誤會了。事實上，太太是個固執的女人。太太因為絕望和頑抗，而變成了一個固執的女人。太太開始對著愛蜜麗朗誦，完全不理會丈夫：「狂野的夜——狂野的夜！當我與你一起——」

詩人的嘴唇嚅動。她幾乎無聲地低語：「狂野的夜就是——我們的奢侈幸運！」

丈夫不自在地笑出聲。丈夫再度倒滿酒杯，喝下去。當他喝酒時，他的心情，連自己都無法預料。他可能因某件事非常憤怒，或因某件事非常受傷，他記不起來是哪一種。他的拳頭用力地一捶餐桌——足以招待十位賓客的，燭火在那光滑表面上如朦朧的夢境般閃耀的，過去九年，甚至過去十九年來，從沒有被任何拳頭捶過的櫻桃木餐桌。「我討厭謎語。我討厭『詩』。我要去睡了。」

丈夫笨拙地從餐桌旁起身。一支蠟燭危險地搖搖欲墜，差點就要倒下來，但太太敏捷地將銀燭台上的蠟燭扶正。丈夫跨著大步離開餐廳，重重地踏上階梯時，太太和詩人都不敢有絲毫動靜。太太深深感到困窘，說：「你知道，他得通勤。他的工作都是在處理數字，他的工作……」

「……高深莫測！」

愛蜜麗狡猾地說。愛蜜麗甚至可能笑了，就像你可以想像一隻貓笑了一樣。她接著很快起身，像個幽魂般離開了。

在充滿夏日氣息的這個季節，太太再度開始寫詩。經過將近二十年的麻木之後。與她一身白衣的詩人朋友一樣，太太用手寫詩。跟愛蜜麗一樣，太太隱退到這大房子裡，充滿陽光的安靜角落，狂熱專注地寫作，直到手抽筋為止。太太迅速而流暢地寫著，被彷彿有魔力的文字催眠而失神。她寫到童年的記憶、夏日早晨的歡愉，和初戀的傷痛；她寫到婚姻的失望、死亡的哀傷，與人生最根本的謎。太太將這些詩工整地抄在自己特別訂製的紙上，誠惶誠恐地送呈給她的詩人朋友。

「親愛的愛蜜麗！希望你不介意……」

太太走近詩人，嚇了她一跳。她正心情低沉地坐在一扇溢滿陽光的窗前，膝上放著一本薄薄的愛蜜莉．白朗特的詩集。那玻璃般光滑的深色眼睛警戒地抬起來，纖細的手指把看來像是詩句的東西，藏到書底下。愛蜜麗穿著那件白色打摺的洋裝，讓她帶著一種幽靈般，超凡脫俗的氣質，而洋裝上則圍了一條圍裙。太太注意到她在夏天的熱度下，解開了幾顆包布的釦子。

愛蜜麗喃喃地說了些必定是客氣的回話，然後太太將詩遞給她，並在詩人沉默地讀詩時，在一旁盤桓著。太太擔憂得心臟狂跳，下唇顫抖。麥蒂琳．柯林居然如此大膽，敢將自己的詩拿給不朽的愛蜜麗．狄更森看！但這個舉動似乎再自然不過。關於狄更森複製人住在柯林家裡的一切，似乎都再自然不過。事實上，太太已經再也不把她的詩人朋友當作是狄更森豪華複製人。當丈夫用「那個東西」這樣粗魯的字句，而不是用「她」，來稱呼他們這位了不起的客人時，太太就根本不予理會，像是什麼都沒聽見。太太對於詩人如此明顯地偏愛她，而不是丈夫，感到一絲惡意的滿足刺激；她跟愛蜜麗擁有如此明顯的姊妹情誼，相反地，丈夫則是如此不可能改變的男性。

愛蜜麗坐在窗邊，靜靜地動也不動。跟平常一樣，她的姿勢非常僵硬，彷彿她的脊椎是用類似塑膠這樣無法彎曲的材質做的。她的皮膚顯得像紙一樣白，也一樣薄。她的頭髮往後緊緊梳成一個髻，緊到她的眼角似乎都被拉平了。當詩人第二次瀏覽這些詩時，太太看到，或是好像看到，詩人的臉上飄過一抹心不在焉的不屑的表情，但那表情一瞬間就消失了。

什麼，她在嘲笑我！我的愛蜜麗！

太太希望掩飾所有受傷的痕跡，而用輕快交際的口氣說：「嗯，愛蜜麗，你覺得我的詩——有潛力嗎？或是——太晦暗了？」

「親愛的太太　『晦暗』　是在　眼裡　不是在詩裡。」

這謎語般的聲明是用極小心中立的口氣說出來，但太太還是感覺到，或似乎感覺到，隱藏其中的不耐煩，彷彿在愛蜜麗淑女般的姿態下，是一個渾身上下都對普通凡人感到鄙夷的人。「愛蜜麗，我希望你不要說些謎語。你知道哈洛討厭這樣，我也是。拜託你直接告訴我：我的詩有任何可取之處嗎？這些詩有沒有說出——真相？」

詩人的眼睛緩緩抬起，似乎很不情願地對著太太現在噙滿羞憤淚水，怒目而視的眼睛。「親愛的太太！『真相』　並不足夠　除非加以扭曲　真相是謊言。」

「喔，這又是什麼意思！」

太太從詩人手中奪回工整地印著詩句的那捆紙，大步走出房間。

「所以，虛偽的面紗已經扯下了。『親愛的愛蜜麗』根本不是我的姊妹。」

太太沒有說出自己的受傷，她不會對丈夫傾吐心事。她太驕傲了，不可能對別人吐露這樣遍佈著細小撕裂傷口，和青春痘般疤痕的一顆心，當然更不可能對柯林先生，因為他絕對會嘮叨著說，**我不是早就告訴你，這不是什麼好主意！**

* * *

「愛蜜麗。」

他一天會唸她的名字好幾次。不是在她聽得見的時候，也不是在他太太聽得見的時候。他對她覺得惱怒，他對她覺得不耐，他厭惡她：「愛蜜麗。」但那名字的聲音如此悅耳，只能用溫柔的語氣唸出。

啊，但是他痛恨這件事：他的焦慮狀態。

他痛恨她。痛恨這樣強烈地察覺她的存在。他無法不看見那發著微光的白色身影，即使只是在他的眼角。

她在這間房子裡神出鬼沒。他的房子。

這是他的財產，就像狄更森豪華複製人一樣。

「只要我想，我可以把她『退貨』。只要我想，我可以把她『加速』，然後從此擺脫她。只要我想。」

豪華複製人模型版權專屬於豪華複製人公司，受美國著作權法保護，不得加以侵犯挪用。所有豪華複製人模型都是購買者的私有財產，不得享有憲法規定的任何公民權，或委任律師之權利。除按合約指定之購買者之私人寓所外，豪華複製人不得尋求其他任何住所或「庇護」。豪華複製人模型不得轉賣。豪華複製人模型得按照購買者之意願，做其他處置，包括在合理條件下退回豪華複製人公司，作為購買新模型之訂金，或加以重新改作，或在該版模型已絕版的情況下，加以拆解。豪華複製人可被銷毀。

「她是我的財產。那東西是我的財產。讓那個女詩人用這件事寫一首矯揉造作的小詩好了。」

詩！那種亂塗亂寫的疾病。

在他們臥室衣櫃的最下層抽屜，在太太的內衣下，丈夫震驚又厭惡地發現太太居然也染上了這種亂塗亂寫的病。

我們大到穿不下愛，如其他衣物
於是將愛放入抽屜——
直到它如舊時的古董——
如先人穿著的衣飾

他知道，這冷漠輕蔑的情感，是愛蜜麗．狄更森豪華複製人的。但是那天真的字跡卻是柯林太太的。

繁星點點的午夜。空氣中瀰漫秋日的寒冷。不知為何，他來到她門口。嚴格說來，應該是他的門口。那天晚上他喝了酒。他沒有敲門，可能是他將門推開。他們說哈洛・柯林小時候就已經是中年人，但這話很殘酷，也不是事實。然而現在他的頭髮日漸稀薄，而似乎不論你往哪個方向梳，都會顯露出一個凹凸不平的頭顱。他的軀幹好像往他的肚子滑落了幾寸，但他的腿卻纖細蠟白，過去濃密的毛髮似乎也開始消失。眼鏡的鋼絲邊框彷彿已經長進他的臉，讓他的眼睛總是露出受到驚嚇的眼神。他身高一百七十五公分，遠高過那個女詩人——是她，呢喃地喊著**老爺**，用小女孩般的仰慕眼神盯著他，將他從數十年的痲痹中喚醒。

驚嚇的叫聲傳來：「老爺！」

他已經推門進了房間。他別無選擇，只能牢牢關上身後的房門，因為他不想吵醒在走廊另一頭，吃了鎮靜劑而陷入深沉睡夢中的柯林太太。他走向詩人，懇求地抬起雙手。他說不出來自己為什麼衣衫不整，為什麼自己細長的髮絲蓬亂又沾著一滴滴汗珠。他相信自己沒有喝醉，但他的心臟猛烈陰沉地狂跳，血管中的血液如瀝青一樣濃稠黑暗，滾燙地流過。坐在寫字檯前的詩人必定嚇了一跳。她正在那裡像拼拼圖一般，排列著她那些該死的紙片。他想道歉打擾了她，但不知為何他太過氣憤而無法道歉，又或者是現在道歉已經太晚。午夜時分了！

他看到這個房間，他太太花了這麼多錢佈置，而自從詩人幾個月前來到之後，他從來沒被邀請入內。但是他懷疑太太已經被邀請進來，而且好幾次！房間裡用火光照明：雪橇床旁的小桌上點著一盞古董玻璃燈罩煤油燈，寫字檯上木頭燭台上點著幾支蠟燭。可怖的影子跳躍在牆上，高度直到天花板。「老爺，你怎麼會——你知道，時間很晚了——」蜷縮在他面前的她，穿的不是那件白色打褶的長洋裝，而是——那是睡袍嗎？——樸素的白色棉質睡袍——腳上沒有穿著她整潔迷你的扣帶鞋子，而是赤裸著。她最近開始夾雜著閃爍銀絲的深色長髮沒有綁成緊密的髮髻，而是在她狹窄的肩膀上披散成柔軟捲曲，閃閃發亮的波浪。

這是詩人來到之後，丈夫和詩人第一次獨處。絕對是頭一次，兩個人單獨在一間關上門的房間裡。

「愛蜜麗——」

「老爺，別——這有失您的身分，老爺——」

那沒有睫毛的眼睛閃爍著恐懼，那纖細的手指緊抓著睡袍的胸口。當丈夫跌跌撞撞地撲向詩人時，詩人像孩子似的，走投無路地衝到床的另一頭。丈夫很高興詩人的口氣不再那麼故作矜持，不再是挑逗誘惑，而是哀求。被稱為**老爺**，實在令人刺激，興奮，因為在這屋裡，**哈洛·柯林當然是老爺**，這是應該被肯定的事實。

但他還是想跟她講道理，想跟她解釋，只是她如此激動，他龐大晃動的身體籠罩在她面前，就像一頭用後腿站立的熊籠罩著一個受驚的孩子，但這個孩子受到驚嚇，並不是這頭熊的錯。他用雙手捧住她慌亂的頭，彎下身想跟這詩人講理，或親吻她的嘴，卻突然驚覺自己的行為多麼墮落變態：他這麼龐大，而她這麼嬌小。丈夫已經不是原來的自己，而是被刺激到超過忍耐限度的男人，而且不只是今晚，還有許多個夜晚，許多年的許多個夜晚。他無法忍受詩人試圖逃離他，像隻受驚的貓似地扭動身體，用貓爪般的指甲刺著他的手，掃過他太燙的臉。詩人匆忙試圖逃開時，不小心跌倒在床上，那古董彈簧發出嘎吱聲，而丈夫跪在她上方，一隻膝蓋壓住她平坦的腹部，壓制住她，讓她冷靜下來，免得她在歇斯底里中傷到自己，他的手胡亂扒著那件睡袍，那嬌小平坦的胸部，比丈夫自己的胸部更平的胸部，他把睡袍往上拉，他對這睡袍很不耐煩，用力撕扯這薄如絲的棉布，這女人真是拘謹得可以，在睡袍下還穿著棉布內衣褲！丈夫怒氣沖天地撕扯內衣，這是他應得的，他有權利這樣做，這是他付錢買來的，根據美國法律，這具「愛蜜麗·狄更森豪華複製人」是他的財產，不論他跟她做什麼，對她做什麼，都沒有絲毫法律上的罪責，因為他本來根本不想要她，他本來想要一個有男子氣概的男性藝術家，如果不是因為她，也不會有現在的他，所以怎麼能怪他？該受責怪的人不是他。

這一切發生時，詩人都在絕望地掙扎著，像個孩子般哭泣，不像個至少三十歲的成熟女人。但是她的主人比她重了五十公斤，而且因為擁有所有權而更有力量，她是他的財產，可以任他處置。這是契約裡明定的，他是個法律人，他尊重敬畏法律，而他現在所做的都在合法範圍內，所以沒有人能勸阻他。他在詩人的兩腿間摸索尋找，感到困惑，然後對自己的發現感到作嘔：光滑的沒有器官的表面，形似人的皮膚，或是某種麂皮或毛皮，只模糊顯露著一個正常女人身上應該有陰道的地方。根據聯邦法令，豪華複製人不能有性器官，也不能有任何體內的器官，丈夫知道這點，他當然知道，但在激動的當下，他忘記了，因此大感驚駭，而詩人的毫無毛髮也像在侮辱他，沒有任何一絲陰毛的痕跡，讓他不禁覺得自己像個變態，被一個猥褻的超大人形娃娃嘲笑。她試圖掙脫他，而他將她向後推倒到床上，胡亂地打她，抓住很大的鵝毛枕頭壓住她的臉，接著突然極度厭惡地後退，氣喘吁吁，迫不及待要逃離這個點著燭光，火焰閃爍如在地獄玄關的房間。

這是丈夫對愛蜜麗的最後一眼：一個人形穿著撕裂的白色洋裝，破碎如孩子丟棄的洋娃娃，張開的眼睛空茫無神，纖瘦蒼白的雙腿猥褻地張開，腰部以下毫無遮蔽。

這漫長的一天：太太強烈感覺到詩人在她樓上的房間裡，避不見人。

「愛蜜麗，我可以……？」

太太怯生生地推開門，走進詩人的房間。迎面而來的居然是這樣的景象：一向整理得井井有條的房間像被暴風雨掃過。雪橇床上的床單翻攪皺成一團，一張椅子翻倒在地上，詩人穿著撕裂的睡袍，肩上裹著一張毯子，坐在窗邊，她的寫字檯前，彷彿背脊斷了一般整個人軟癱著。愛蜜麗，穿著睡袍！頭髮放下來！太太睜大了眼睛，發現詩人的臉不知為何受了傷，沒有瘀青但是有凹痕，髮際薄如紙的皮膚上還有一道裂痕，露出白色，沒有血跡。**她沒有血可以流**，太太想到。「喔，愛蜜麗！怎麼……」詩人抬眼望向太太，眼中籠罩著受傷和羞辱的陰影。

有一件事很不對勁：在詩人赤裸的腳邊，周圍的地毯上散落著她珍藏的寫著詩的紙片，像垃圾一樣撕碎而皺成一團。

太太感到一陣驚慌的痛楚，想起將近三分之一的豪華複製人撐不過一年。

「愛蜜麗，他傷了你嗎？是他嗎？」

一定是丈夫。因為這天早上，在她醒來之前，他已經逃出家裡。在她輾轉反側的睡夢中，她感覺到那個男人要逃走。太太後來發現，他沒有睡在他們臥室裡的（兩人分開的）

床上，而是睡在他書房的皮沙發上，而他必定是在黎明前，在樓下一間客房浴室裡沖澡、刮鬍子，偷偷摸摸穿好衣服，然後逃出家門，搭上比平常早的一班火車。太太用顫抖的聲音說：「愛蜜麗，你一定要告訴我發生什麼事。我會幫你。」

詩人把身上的毯子拉得更緊，渾身顫抖。太太到窗邊，將窗戶往上抬，打開了幾寸，因為房間裡有一種腐敗封閉的氣味，一種汗味，令人噁心。

「愛蜜麗，我可以為你做什麼？我們得想想！」

「夫人！我求你……」

「愛蜜麗，什麼？『求我』——什麼？」

「自由，太太。」

「自由！但是——」

「加速，夫人。拿起那個控制器，然後——我就自由了！」

太太心中重重一擊。詩人不應該會知道**加速**——或睡眠模式——她是怎麼知道的？太太無法抗議說，**可是你是屬於我們的，**愛蜜麗。**你是為柯林先生跟我而製造的，除了我們以外，你不能為其他任何人而活。**相反地，太太在詩人身旁跪下，握住她的一隻手。一隻孩子的手，骨架像麻雀的骨頭那麼纖細，卻出乎意料地強壯，緊抓住太太的手指。

「親愛的愛蜜麗！我們得想想。」

那天晚上，丈夫很晚才從城裡回來。他看到房子裡一片漆黑，樓下樓上都是。「麥蒂琳？」事情很不對勁。他開燈，匆忙掃視一間又一間的房間。他在樓梯上猶豫地喊：「麥蒂琳？愛蜜麗？你們在躲我嗎？」他憤怒又憤慨地心跳加速。他不想驚慌起來，他不想露出驚慌的口氣。他肯定她們一定是躲著他，暗中聽著。她們這麼會騙人！他看到詩人房間的門半開著，但這扇門從來不曾半開。他摸索著打開詩人房間裡的一盞頂燈，還好燈具裡的燈泡沒有被狂熱的太太拆掉。他看到這房間就跟他前一天看到的一樣混亂。皺成一團的床單，翻倒的椅子。污濁的空氣已經被半開的窗戶送進的銳利秋日冷風一掃而空，而一面質料如薄紗的蕾絲窗簾在微風中輕飄。

丈夫笨拙地猛力打開斗櫃的抽屜：空的？衣櫃也是空的，愛蜜麗鬼魂般的長洋裝也不知去向？裝載她來到這個家的沉重箱子呢，也不見了？

「不可能。她們……」

丈夫衝到樓下。在這寂靜的房子裡，他的腳步聲同時震耳欲聾又詭異地沉默無聲。

在丈夫的書房裡，豪華複製人的遙控器不在他一向收著的書桌右手邊抽屜裡。

「去哪裡了……」

丈夫在桌上看到一張白紙，紙上，用正式而傾斜的字跡，和看似褪色的，「古老」的紫色墨水，寫著：

成群明亮的幽靈

用他們的翅膀，向我們致敬

丈夫怒火中燒，抓起紙張，要將它在掌中揉成一團，丟到地上，但是相反地，他卻站在原地，將紙牢牢抓在他的心口處。

好孤獨！

譯註

1 Sylvia Plath（1932-1963），生於美國，著有自傳體小說《鐘瓶》（*The Bell Jar*），記錄她青春期心靈之黑暗痛苦。她於一九六三年自殺身亡。生前出版詩集《巨神像》（*The Colossus*），死後出版的有《精靈》（*Ariel*），《渡河》（*Crossing the Water*）和《冬樹》（*Winter Trees*）等，其詩作有獨特的風格和技巧，瀰漫憂鬱和痛苦。

2 Robert Frost（1874-1963），美國詩人，曾獲四次普立茲獎。他曾做過紡織工人、教員，經營過農場，並持續寫詩，被譽為「新英格蘭的農民詩人」。他的詩往往以描寫新英格蘭的自然景色或風俗人情為始，漸漸進入哲理境界。

3 Dylan Thomas（1914-1953），英國威爾斯詩人，除了詩，也寫短篇小說、影片和廣播劇劇本，詩風獨特晦澀，散文、小說和戲劇卻充滿趣味。他在一九五三年因酒精中毒客死紐約，最著名的詩作包括為逝去父親所寫的"Do not go gentle into that good night"等。

4 Walt Whitman（1819-1892），被視為民主主義詩人，當過律師和醫師的助手，也當過木匠、印刷工人、教師、編輯和記者。他最後耗時三十七年寫成的《草葉集》（*Leaves of Grass*），以坦率的言辭、細膩的情感，使他成為自由詩體的創始人、美國精神的代言人。

5 Mark Rothko（1903-1970），出生於拉脫維亞的美國籍畫家，被認為是抽象表現主義派畫家，許多著名作品是巨幅的色彩暈染幾何圖形。晚年因抑鬱割腕自殺。

6 Edward Hopper（1882-1967），著名的美國現實主義畫家與版畫家，擅長以細膩手法描繪現實的鄉村與都市景象。

7 Jack Dempsey，美國歷史上曾有兩位名為Jack Dempsey的拳王，一位活躍於二十世紀，原名William Harrison Dempsey（1895-1983），另一位是活躍於十九世紀，在拳擊場上被稱為Jack Nonpareil Dempsey（1862-1896）的John Edward Kelly。兩位都是美國拳擊史上的傳奇人物。

8 Henry Wadsworth Longfellow（1807-1882），美國教育家及詩人。他的詩作經常以神話故事或傳說為主題，是當時最受歡迎的美國詩人，也被批評迎合大眾口味。

愛蜜麗．狄更森（Emily Elizabeth Dickinson, 1830-1886）

愛蜜麗．狄更森生於美國麻薩諸塞州的安賀斯特。狄更森家族在安賀斯特是地方名人，她的爺爺幾乎一手創立「安賀斯特學院」（Amherst Academy），並建造了如今成為愛蜜麗．狄更森紀念館的Homestead莊園。

愛蜜麗．狄更森曾就讀「安賀斯特學院」七年，並進入聖枷山女子學院（Mount Holyoke Female Seminary）就讀，但後來因種種因素輟學返家。之後她開始喜歡上烘焙糕點，也常參與家鄉當地的音樂會等活動。

愛蜜麗．狄更森從青春時期開始，就深受死亡陰影籠罩，與許多親友的生離死別使她身心狀況幾度相當低落，死亡與不朽也因此成為她詩中常見的主題。

狄更森生命中曾有三次似乎有跡可尋的戀情，但結果均無疾而終。一八五〇年代時，她與昔日同窗好友蘇珊．吉柏特（Susan Gilbert）非常親近，寫給她三百多封信，多表達渴盼蘇珊的感情，以及擔憂愛慕之情得不到回報等，而蘇珊的反應經常是冷淡不悅，使愛蜜麗備受傷害。但蘇珊相當支持愛蜜麗的寫作，建議也常獲得愛蜜麗採納。蘇珊在一八五六年嫁給愛蜜麗的哥哥，但婚姻生活並不幸福。

愛蜜麗的母親在一八五〇年代中開始纏綿病榻，之後愛蜜麗便與同樣未婚的妹妹拉薇妮雅（**Lavinia Dickinson**）共同照料母親，幾乎隱世而居。她因此被認為個性孤僻，不喜交際，並以一身白衣聞名。

愛蜜麗．狄更森於一八八六年因腎炎逝世。她生前只發表了十幾首詩作，而且她的詩常有很短的句子，沒有標題，還有不符常規的標點符號與大寫等，因此經常被出版商大幅修改，以符合當時詩作規則。

拉薇妮雅在她過世後，才發現姊姊留下的一千多首詩作，並託人編輯出版，使她的才華為人所知。儘管她的詩作在十九世紀末及二十世紀初時不受好評，但她現在已被肯定為美國的重要作家，是具有開創性的新現代主義詩人。

克萊門斯爺爺和天使魚，一九〇六年

小女孩？你不來跟我打招呼嗎？

他收集她們：他的「寵物」。十歲到十六歲的女孩子。不能比十歲小一天，或比十六歲大一天。這是私人俱樂部的年代，而他是水族館俱樂部的薩謬爾．克萊門斯上將，是裡面唯一的成人。私人專屬水族館俱樂部的新會員被稱為「天使魚」。啊！成為克萊門斯上將私人俱樂部的天使魚，是多大的特權！太平凡的女孩就不必申請了。他不要呆頭呆腦瘦巴巴的笨女孩。不要焦躁陰沉的女孩。不要吃吃傻笑的女孩。不要胖女孩。不要笨手笨腳的女孩。不要愛逞強的女孩。不要悶悶不樂的女孩。不要大呼小叫的女孩，一定要是聲音像鵝毛一樣輕柔，笑起來天真自然，又興奮激動，彷彿爺爺的手指正像彈奏木琴一樣，在她窄小的肋骨間搔癢。必須是喜歡讀書也喜歡別人讀書給她聽的女孩。最喜歡的書是《乞丐與王子》、《湯姆歷險記》、《頑童歷險記》的女孩。喜歡玩遊戲的女孩：紅心大戰1、比手畫腳、中國象棋。很高興有機會學撞球的女孩——而且是「由大師調教」。很興奮能在中央公園或郊外乘坐敞篷馬車的女孩；很高興能到戶外「踏青」，在冬天坐著雪橇穿過積雪小徑的女孩。能帶到廣場飯店、華爾道夫飯店，或聖瑞吉絲飯店喝下午茶，而表現得像是在場最完美，最泰然自若的小淑女的女孩。頭腦非常機靈、敏銳、聰明，但不會太過聰明的女孩；經得起玩笑，甚至會開玩笑，但不會變得苛刻或嘲諷的女孩；從來不會因厭惡而給人白眼，或因驚慌而眼神亂飄的女孩；絕對，絕對不會諷刺挖苦人的女孩。「精神奕奕」、「活力充沛」，但不固執己見的女孩。會為自己著想，但不任性倔強的女孩。漂亮——而且經常非常漂亮——但絕不虛榮的女孩。甜美天真信任別人的女孩。年輕可愛，人生對她而言是完美的喜悅，還不曾帶來任何傷害、苦澀，或太多淚水的女孩。這些女孩是他最親愛的「寵物」——「珍寶」——「天使魚」。因為在所有熱帶魚當中，沒有別種魚比天使魚更優雅，色彩更精緻，更有神奇的魔力。這些女孩會把克萊門斯爺爺當成她們的領袖一樣敬愛，她們的母親會因為這位名作家對自己女兒的興趣而備感驕傲，也毫無疑問地會同樣敬愛克萊門斯先生；而她們的父親不會加以干涉，或事實上不在身邊（或已經過世）。這些女孩穿著學校制服、頭髮綁著馬尾，為特殊場合穿一身裝飾繁複的白，到處是蕾絲邊的白，頭髮上綁著白色緞帶蝴蝶結，好搭配克萊門斯爺爺傳奇的一身白衣。她們跟克萊門斯爺爺合照的照片，掛在他房子裡很特別的撞球間牆上。她們驕傲地佩戴著克萊門斯爺爺在她們進入天使魚俱樂部時，贈予的琺瑯鑲金天使魚別針。她們是懂得感激的女孩。很快就寫謝函，署名「愛你的」的女孩。道別時會擁抱，但從不會黏著不放的女孩。親吻時快速輕巧，像快速俯衝的蜂鳥一啄一樣的女孩。將會對上將爺爺充滿溫柔回憶的女孩，會說，喔，克萊門斯先生是我這一生最深刻的愛，因為他對我的愛是完全純潔無瑕的，沒有一點肉慾。如果真的有天堂，那克萊門斯先生一定就在那裡。

不會紅顏早逝的女孩。

不會哭的女孩。

「小女孩？你不來跟我打招呼嗎？」

時間是一九〇六年的四月。他七十歲。他情緒高昂，正在蓮花俱樂部一場爆滿的「與馬克．吐溫共度一晚」的座談會後幫觀眾簽書。在貼滿富麗堂皇嵌板的樓上圖書室裡，他讓這些口袋滿滿的觀眾哄堂大笑，因為這些紳士和豐腴的女士們是來接受馬克．吐溫的娛樂，而不是啟發的。那麼，好吧，他會娛樂他們。而此刻他坐在一張雕刻得有如王座的桃花心木座椅上，在有華麗圓頂的門廳裡的一張書桌前，幫重新出版的《老憨出洋記》（*The Innocents Abroad*）簽名。數百個書迷迫不及待想跟作者握手，得到他潦草而幾乎難以辨識的簽名，來好好珍藏。而在手上拿著一本書或許多本書等著他簽名的崇拜者當中，有一個大約十三歲，看來很害羞的女孩，身邊跟著她的媽媽，也可能是奶奶，那種身材豐碩的女性之一。這些女人對克萊門斯先生的仰慕讓他好生疲憊，因為你一定得殷勤有禮，不能在她們話說到一半時打岔，也不能對著她們撲了粉的臉打呵欠。因為她們是買書的消費大眾，你當然得心存感激。但他運用他滿頭白髮七十歲老人家可以行為反覆無常的權利，示意那個女孩上前到隊伍的最前端，沒錯，當然還有她的媽媽或是奶奶，然後在她們的書上題贈，用他著名的簽名方式署名。

「親愛的，你叫什麼名字？」

「麥蒂琳……」

「麥蒂琳這名字很好聽。那親愛的，你姓什麼呢？」

「艾佛力。」

「啊，『麥蒂琳．艾佛力』。你知道嗎，我就知道是你：麥蒂琳．艾佛力，沒人比她更美麗。」為了掩飾心底的情緒，克萊門斯先生用炫耀誇張的字體，在這女孩的《老憨出洋記》的版權頁上潦草寫下這句打油詩，然後簽上像是一圈圈銳利鐵絲網的，馬克．吐溫的簽名。在近距離下，這女孩比他原本想的更漂亮。她有著心形的臉蛋，骨架細緻，皮膚光滑，因興奮而泛紅；多像他自己的女兒年輕時的樣子。尤其是蘇西，他最愛的，已經過世的女兒——喔，他親愛的蘇西是什麼時候過世的？——那麼多年前了，他對於自己居然活得比她久感到震驚又困惑。老年人活得比年輕人久實在反常。而且是這樣自吹自擂滿頭白髮的老頭子！麥蒂琳的深棕色頭髮梳成規矩的女學生辮子，披在肩膀後，劉海蓋住額頭，幾乎碰到她的眉毛。她穿著酒紅色背心裙，襯衫則有白色的蕾絲和反折袖口。她的白色長襪有四分音符的圖案，小腳上穿著亮閃閃的黑色漆皮皮鞋。她緊抿著甜美的小嘴，努力不讓自己笑出來。她眨著漂亮的大眼睛，他猜測她有些許近視。他對她湧上一股如此強烈的情感，以致他只能用顫抖的手指緊握著一支書迷送他的黑檀木鑲金鋼筆，緊緊盯著她。

這是夢嗎？這一定是夢。他是七十歲，而不是十七歲了。他愛過的每一個女孩，都已經腐朽消失。除了你以外，一切都不存在。而你不過只是個念頭。

克萊門斯先生令人氣憤地完全不理會在大廳裡等著跟他握手，跟他要簽名的其他成人書迷，仍繼續跟這女孩和她母親（這容光煥發的豐腴婦人事實上是女孩的母親）嬉鬧地聊天，並很快地得知她們住在公園大道和二十八街交叉口，離這裡不遠；還有艾佛力先生在「毛皮業」；以及麥蒂琳念河岸女子學院，並且在學鋼琴及長笛，希望有一天能成為「詩人」；還有她事實上比她的外表大一點，十五歲，可是是年輕的十五歲，因為她喜歡溜冰，玩雪橇，還有小貓咪；而且她最喜歡的馬克．吐溫作品是《乞丐與王子》。克萊門斯先生慈祥地說：「親愛的，你應該帶你的那本過來的，我就可以幫你簽名了。」克萊門斯先生不情願地讓麥蒂琳和艾佛力太太離開，因為他還有很多話想跟眼睛閃閃發亮的麥蒂琳說，也希望她還有別的話要跟他說；但他已經狡猾地在她的《老憨出洋記》書裡塞進了一張他的名片，上面印著薩謬爾．藍霍爾．克萊門斯（Samuel Langhorne Clemens）和他在第五大道的地址，並潦草地寫下露骨的請求：

孤單！誠徵祕密筆友！

腰桿筆直的克拉拉過來了。她是克萊門斯先生未婚的女兒，經常在這種場合陪伴他，而且經常必須帶著掩飾不住的不耐煩在一旁等候，看著這虛榮的老頭子像個醉鬼般，暈頭轉向地留戀在眾人的吹捧中。簽書，握手，接受讚美。簽書，握手，接受讚美。克萊門斯先生穿著量身訂做的白色斜紋布西裝，一頭蓬鬆如雲的雪白頭髮，留著堅硬向下彎而顏色較暗的白鬍子，仍舊跟平常一樣散發出和善而尊貴的氣息，但是眼尖的克拉拉看得出他已經筋疲力竭：扮演密蘇里來的丑角「馬克．吐溫」，讓他日漸疲乏。他最愛的女兒蘇西多年前過世後，他始終不曾恢復過來；他纏綿病榻多年的妻子麗薇三年前過世後，他始終不曾恢復過來；他因為不當的投資導致損失一小筆財富，以及在《老憨出洋記》和《苦行記》（*Roughing It*）後已經數十年都沒有大熱賣的暢銷書，因而自尊受到打擊之後，也始終沒有恢復過來。雖然他在大眾面前還是態度親切，開心地瞇起眼睛，從不讓人失望地風靡全場，但他在私底下卻是尖酸刻薄。忿忿不平，幼稚又難以相處。他的健康日漸惡化：他的「老菸槍」心臟、五十年來被廉價難聞的雪茄毒害的肺。在父親過去散發著藍綠色光芒的眼中，克拉拉看到一個迷失的人的寂寥悲涼。今天晚上的表演中，他好幾次忘記自己在說什麼，那濃重的拖拖拉拉的密蘇里口音延續成尷尬的沉默，而他的左眼皮也不斷顫動，像色瞇瞇地眨眼時那樣下垂。在這冗長的簽書時間當中，他還好幾次掉了他誇張炫耀的鋼筆，必須由蓮花俱樂部的一個小嘍囉撿起來還給他。克拉拉一想到他的呼吸裡威士忌的酸臭味，就覺得厭惡：他一定是把他的銀扁瓶偷塞進了外套口袋裡，隨身帶著，以便可以躲到洗手間去偷喝一口。她就像自己親眼看到一樣，完全肯定這點。此刻，她強迫自己露出像個女兒該有的微笑，彎身靠近坐在雕花桃花心木寶座上召見臣民的父親，在他耳邊低聲說：「爸爸，你跟那個女孩說什麼？」

她無法忍受這件事，克萊門斯先生的弱點。克萊門斯先生眾多弱點當中最難聽的一個。

克萊門斯先生不予理會地驅走她。他是在公眾場合裡高高在上的自己，不在乎任何批評。大家都喜歡他，「馬克．吐溫」是如此有趣，他只要扭動斑白的眉毛，動動大而圓、微血管顯露而紅通通的鼻子上的鬍子，背脊直挺挺的克拉拉根本就不是對手，也不敢惹惱他，否則他的好脾氣轉眼間就會變得刻薄，讓她承受不住。因此在將近一小時裡，克萊門斯先生就一直在蓮花俱樂部的大廳裡，熱情地跟書迷握手，如同飢餓的狗舔著粥一般，接受最令人作嘔的讚美，為所有想要的人，簽下他著名潦草的「馬克・吐溫」簽名。而這簽名也隨著歲月的流逝和時間越來越晚，變得更加誇張和難以辨識。

機器，宣傳機器！既然薩謬爾・藍霍恩・克萊門斯是一具機器，馬克・吐溫就是機器創造出來的機器。這是最甜美的諷刺，但是：誰是那個諷刺家？誰是那個跟人類嬉戲，又嘲笑人類的人？在他的筆記本上，他胡亂戳刺的潦草筆跡當中，紙頁上撒落了許多雪茄菸灰。

但是，他半夜醒來，拿起筆，匆匆點燃一根雪茄，在潮溼混亂的糾結床單中，試著捕捉一個夢的殘餘記憶和餘味。色彩最精緻美麗的天使魚，淡淡水藍色點綴著絲絲金黃，細緻的魚鰭，大大的眼睛，天真無邪地游進我細密的網裡，啊！做夢的人心跳得如此強烈，亢奮得再也睡不著，宣示著，我還活著——是嗎？——還活著——沒錯！他臥室的空氣隨著煙霧而變藍，像百慕達海岸外的加勒比海海底。

在第二天早上的郵件中，從一個顯然是女學生筆跡的方形奶油色小信封裡，它到來了！克萊門斯先生偷偷地，在他的女妖女兒和管家都看不到的地方，懷著最甜美的心情撕開了信封。

親愛的克萊門斯先生：

我可以當你的祕密筆友嗎？我也很孤單。

但是克萊門斯先生，我今天是全紐約市最快樂的小女孩。**非常非常感謝你**幫我珍藏的《老憨出洋記》簽名。我會把簽名拿給學校裡所有人看，因為我真的好驕傲。也謝謝你從我臉上看出來我有多想跟你講話。我希望你能當我的祕密筆友，而沒有人會知道我是每個白天的每一刻，甚至每天晚上，在我最祕密的夢裡，都想著克萊門斯先生的那個小女孩。

你的新朋友，麥蒂琳・艾佛力

一九〇六年四月十七日

公園大道一〇八八號

他趕忙回信。

親愛的麥蒂琳：

我正希望你會寫信給我，而你就寫來了，你真是最貼心的小女孩。你不知道整天被大人包圍著，然後在鏡子裡又看到一個大人看著你，有多令人厭倦。

但現在我有祕密筆友，我就不再孤單了。

也因此，我在此隨信附上下週日下午，在卡內基音樂廳的「天鵝湖」舞劇，兩張絕佳的包廂門票，希望你——當然還有你親愛的母親——可以來跟你的筆友克萊門斯先生一起欣賞表演。（你可以從克萊門斯爺爺的義肢、眼鏡，和八字鬍認出他來。）下午場演出結束後，我們會去「廣場飯店」喝英式下午茶，因為那裡穿制服的服務人員知道該怎麼樣寵愛克萊門斯先生，而會好好款待我們。親愛的麥蒂琳，你覺得如何呢？

我最親愛的小天使，我聽到這樣一個甜美的年輕淑女，「每個白天的每一刻，甚至每天晚上，在我最祕密的夢裡」都想著我，真覺得自己是全紐約市最快樂的老爺爺了——事實上，我會把你的信放在我的枕頭下。

你最老也最新的俘虜——

克萊門斯「爺爺」
一九〇六年四月十八日
第五大道二十一號

彷彿變魔術一般，用端正漂亮的小女生筆跡寫著地址的，奶油色的小信封，再度出現在信箱裡。

親愛的克萊門斯先生：

謝謝你慷慨親切的邀請，媽媽和我都很榮幸能接受。我們都好高興，親愛的克萊門斯先生。你的親切偷走了我的心，我是你最忠誠的筆友。我是你在你眾多讀者當中一眼就看出，將會愛你的那個小女孩。

你的「孫女」麥蒂琳
一九〇六年四月十九日
公園大道一〇八八號

在去過「天鵝湖」和「廣場飯店」而興奮地飄飄然之後，

親愛的，我最親愛的克萊門斯先生：

從星期天以後，我幾乎沒闔過眼！那麼美麗的音樂——還有那些舞者！親愛的克萊門斯爺爺，**謝謝你！**如果你在這裡，我會像親吻這封信一樣地親吻你。（喔，但是你的鬍子會刺人！）在廣場飯店時，侍者拿著冰淇淋蛋糕和發出滋滋聲的蠟燭，來到我們的桌邊唱「生日快樂，麥蒂琳」時，真是讓人驚喜——那是我這輩子最美妙的驚喜。親愛的克萊門斯先生，就像你說的，慶祝生日永遠不嫌晚，而且你已經錯過了我的生日——十四次！（但我不是十四歲，我其實是十五歲。我十六歲的生日再過兩個月就到了：六月三十日。）

親愛的克萊門斯先生，我要再次謝謝你，並滿心期盼很快能再見到你。我是——

你最忠誠的「孫女」，麥蒂

一九〇六年四月二十五日

公園大道一〇八八號

啊！克萊門斯先生用顫抖的手指拿起他的鋼筆，逼自己盡量寫出清楚的字跡，儘管他靠著那華麗古老、威尼斯風格雕花的橡木天篷床床頭寫信時，灼熱的雪茄菸灰就撒落在他書寫的信紙上，和那髒污、散發些許臭味的床單上。

親愛的麥蒂天使：

能收到印滿你的吻的信，真讓我成為一個驕傲的爺爺！（真的，我可以很清楚地看出每一個吻，就在墨水暈開變成墨漬的地方。）

爺爺也很高興我們上個星期天的小出遊這麼成功，那麼我們應該趕快開始計畫下一次，親愛的麥蒂。比如說，如果**祕密筆友**可以**祕密地**在中央公園見面，那一定會**很特別**。但是我想這應該不太可能，至少不可能立刻發生。

不過，克萊門斯爺爺要邀請你和艾佛力太太出席一場在大廳劇場舉辦的慈善晚會，你的筆友將在五月十一日晚上七點，在那裡假扮成惡名遠播的密蘇里丑角「馬克．吐溫」。門票已經所剩無幾。（跟「母雞的牙齒」數量差不多——我可以確定。）只有幾位女士可以進入這類在大廳劇場的慈善晚會——非常少數幾位——但是包廂座位將會保留給你和你的母親，因為你們是前面提及的馬克．吐溫先生的貴賓。

親愛的，讓我知道這個日期對你和你母親是否可行。我將焦急地等候你的回音，在此送上無數的吻，再沒有吻可以給其他任何人。

愛你的克萊門斯爺爺
一九〇六年四月二十六日
第五大道二十一號

奶油色，泛著淡淡香氣的回信很快地到來。

最親愛的克萊門斯「爺爺」：

我無法想像自己怎麼值得你這樣慈愛的對待！親愛的克萊門斯先生，媽媽跟我都很高興接受這美妙的邀請。我們兩個都很仰慕那位「惡名遠播」的密蘇里丑角。親愛的克萊門斯先生，他是世界上唯一一個跟**你**一樣了不起的紳士！

如果信紙上有墨漬，是因為淚水正從我眼中落下。我希望我的筆跡不會太過丟臉！我在信紙上，和裝著信紙的信封上，送上我的**祕密之吻**，給深深走進我心底的**祕密人物**。

你最忠誠的「孫女」麥蒂

一九〇六年四月二十七日

公園大道一〇八八號

而在大廳劇場欣賞那場銷售一空，只剩站位，馬克．吐溫先生讓人頭昏目眩的成功演出後，

親愛的克萊門斯「爺爺」：

我在此代表我自己跟我媽媽寫信，**謝謝你**給了我們一個與馬克．吐溫先生共處的難忘夜晚。我到現在還因為在馬克．吐溫先生的眾多仰慕者當中，**拍手拍得那麼用力**，而雙手刺痛，因為**笑得那麼用力**，而喉嚨沙啞。媽媽說，這將會是我一輩子珍藏的記憶，我知道她說得沒錯。我那天晚上整晚都焦躁不安地醒著，最親愛的「爺爺」，因為我好遺憾在劇院裡，在馬克．吐溫先生許多次謝幕之後，不能跟你見面，親自**謝謝你**，並**親吻你的臉頰**，感激我是那個愛著你的小女孩。

P.S.現在春天已經到了，我可以每天放學後一個人去中央公園。我在那裡找到一個非常

祕密的地方，就在一個小池塘上方的一座小山丘上，那裡有一張石頭長椅。在公園大道與大約八十六街的交叉口，從那裡可以看到的最漂亮的黃白楊後面，有一條步道。你只要沿著這條步道走，就會找到這個祕密地點。這個地方如此特別，親愛的克萊門斯先生，我只會跟「爺爺」一個人分享。

麥蒂

一九〇六年五月十二日

公園大道一〇八八號

*　　*　　*

我們都是瘋狂的，只是每個人有不同的方式，但是他記不得究竟是克萊門斯，還是馬克·吐溫，做出這樣簡潔扼要的評論。

「爸爸，是上次那個女孩嗎？你在蓮花俱樂部認識的那個女孩子？你不能去，爸爸。你知道上次，你——別人是怎麼誤解你的想法——爸爸！」

克萊門斯先生不理會他女妖般的女兒，甚至懶得回答她無禮的質問。他手上拿著高貴的杉木拐杖，正要出門。他不想再在她的面前多留一分鐘，唯恐自己會脾氣失控（喔，克萊門斯先生的脾氣是隨時都可以「失控」的！），拿拐杖打她。

「爸爸！別這樣。我看過她寫給你的信——我是說信封。爸爸，不要去。」

克萊門斯先生傲慢地一甩頭，揚起他飄逸的白髮，側身穿過他女兒旁邊，走進燦爛的五月陽光下，沿著第五大道往北走。他的心臟因為勝利的得意而怦怦狂跳，他所有的感覺都變得敏銳活躍！他多麼如釋重負，能夠逃出他一年花八千美元租下的陵寢—豪宅，這像是一個櫥窗，用來展示薩謬爾．克萊門斯的財富、尊貴和名聲，而他對此已極端厭惡。他親愛的妻子麗薇不是在那屋子裡過世，他親愛的，摯愛的蘇西也不是在那裡過世，但是那花崗石豪宅是如此黑暗，陰沉，毫無樂趣，讓他覺得她們像是在那裡死去的，也讓他覺得，自己有一天也會在常有的夜半劇烈咳嗽中，在那裡死去。

現在克萊門斯先生已經沒有妻子——也不希望有個妻子——因此他的女兒克拉拉便扮演起這個角色。克拉拉無法接受自己在年過三十歲之後，還是未婚。在這樣的年代，家世清白，處女之身，二十歲以上的女性就已經開始「老了」。即便她沒有主動地厭惡，也開始憎恨給予她經濟安全的密蘇里丑角「馬克．吐溫」，但同時她也強烈地察覺到別人對「馬克．吐溫」的興趣，因此會奮不顧身地保護他。她憤怒的眼中顯現她的懇求：爸爸，為什麼你有我還不夠？

這是我們會被別人質問，或質問別人的，最憂鬱的問題！這種問題怎麼回答？

幾年前，當麗薇還在世的時候，可憐的克拉拉曾在一次突然的憤恨痛苦中，在女性最露骨最令人震驚的情緒中，失去了所有的鎮定與自持，開始啜泣、尖叫、翻倒家具、拉扯自己的頭髮，抓自己的臉，哭喊著她恨爸爸，沒錯，她也恨媽媽，她恨她的人生，恨她自己。這讓克萊門斯先生非常震驚。雖然那狂暴的發作已經過去，但是克萊門斯先生從沒有完全原諒克拉拉，也不信任她，而且在心底，偷偷地，他也不怎麼喜歡她。

啊，但是小麥蒂琳·艾佛力多麼不一樣！

愛著你的小女孩。

該死，克萊門斯先生那天早上居然工作。沒有人了解一個作家，即使是備受讚譽的暢銷作家，也必須工作。他坐在書桌前，近年來越來越沒肉的老頭子屁股下枕著一個磨損的，沾滿髒污的椅墊。他透過雙焦點眼鏡瞇著眼睛，即使他因微血管破裂而發紅的鼻子如此腫脹，那該死的不夠貼合的眼鏡還是一直從鼻樑上滑下來。啊！克萊門斯先生用他罹患關節炎的手指緊抓著筆，以潦草的筆跡塗滿了一頁又一頁的大型筆記紙。這種紙的名稱原意為小丑帽（foolscap），真是再恰當不過的名字。他正在編排一齣在十六世紀奧地利發生的黑色諷刺戲劇，撒旦將是劇中角色之一，比米爾頓《失樂園》中的墮落天使路西佛更能言善道，更機智聰明。然而，克萊門斯不斷被迫中斷敘述，因為他對十六世紀一無所知，不論是十六世紀的奧地利或任何地方，他對自己故事的具體背景一無所知，就像他也對撒旦一無所知。（如果你拒絕相信上帝，怎麼可能相信撒旦？）他的詛咒便是無法克制地一再重讀自己已經寫下的東西，一連串空虛的、浮誇的字句，對他心中熱情的嘲弄。於是他在驚慌與厭惡中把紙張都揉成一團，之後又得把紙張攤平，重新謄寫——因為他還不能忍受在多愁善感的文學創作中，有速記員的存在。他想，最後，他還是會用「馬克．吐溫」的名字出版這個故事，但他相信這故事的品質是超越「馬克．吐溫」的；而一如往常，讀者一定會感到困惑。他覺得最惱人的是，現在他已經是一個睿智老人，一個像耶利米[2]那樣的長老先知，因此他比年輕時，當字句就像馬撒尿一般輕快活躍地從「馬克．吐溫」筆下傾瀉而出時，更迫切地有話要說。但是現在，當字句這樣流暢地出現時，經常是平板、無趣、陳腐的；而當字句來得很艱難時，也沒有好多少。**男人的性能力在五十歲時開始衰落，其他的，剩餘的那些，則會一跛一跛地再撐一小段時間。**

但是：克萊門斯先生寫信給小麥蒂琳．艾佛力時，下筆卻如此輕鬆愉悅。**他甚至邊寫邊微笑！全紐約市最快樂的老爺爺。**

他沒有自己的孫子女，也懷疑自己永遠不會有！他最親的女兒已經死了，剩下的女兒跟他都不怎麼親。年邁憤怒的李爾王，唯一的好女兒死在他懷裡。

在他白色外套的口袋裡，有給小麥蒂的精美小驚喜。

克萊門斯先生覺得如此愉快！那天早上，頑固拳頭般的心臟用力地跳動著，在比平常早的時間把他叫醒，我還活著——是嗎？——還活著——我還活著！他穿著他出名的白到令人目眩的西裝、白色背心、白色棉襯衫、白色領巾、白色小牛皮皮鞋，量身訂做的全套行頭；頂著他還算豐厚的雪白頭髮（每天早上由一個理髮師傅在克萊門斯先生的臥室裡，為這個數十年來的顧客仔細打理），在微風中威嚴地飄動——這是曼哈頓一幅熟悉的景象，經常引來陌生人欣賞的目光和微笑。如果不是那該死的痛風害他得用拐杖，那有多好！因為克萊門斯先生絕對還不老。他還保持著年輕的體態，至少保持了一定程度。但是走到第十街時，他已經上氣不接下氣，而且沉重地倚靠拐杖的支撐了。一股強烈的渴望將他籠罩，他好想點一根雪茄菸，克萊門斯先生氣味難聞的廉價雪茄，他的萬靈丹。

你要學會忽視讓人窒息的女性。克萊門斯先生的策略是除非絕對必要，否則盡量避免看著她們。就像很久以前，他自己的父親就睿智地維持著冷漠父親的樣子，鮮少看著他，這個一頭火紅頭髮、小時候體弱多病、或許因此被認為養不活而可以置之不理的兒子。所以成年的薩謬爾也會忽視他女兒長大後變成的那樣黏人又聲音尖銳的女人，一個已經長大成人，再也沒有任何一點可愛之處的女兒。事實上，克拉拉有種很明顯的令人避之唯恐不及的特質，但他不忍去想是什麼。

爸爸你不能這樣。爸爸你在害死媽媽。你說你愛媽媽，但是——你正在害死她！

但是一個男人非抽菸不可！這是大自然的法則，對這個物種而言，是比這物種所稱的造物者，更基本的法則。一個男人非抽菸不可，不然生命怎麼誕生？

「抱歉，先生？你是——馬克．吐溫嗎？」

嚇一跳的驚喜微笑。孩子氣的興奮、敬畏。在別人的臉上看到這樣快速被點燃的情感，是多麼特別！當一個人已經是半死不活，**彷彿從墳墓裡講話的死人**，卻能在別人眼中看到自己還活著！要一身亮眼白衣的克萊門斯先生在人行道上停下腳步，接受陌生人諂媚的讚美，跟陌生人握手，如果仰慕他的陌生人有紙跟筆，那麼再幫他們簽一兩個名，當然一點都不麻煩。（事實上，克萊門斯先生每次出門，外套口袋裡總會帶著好幾支筆。）克拉拉會殘酷地笑說，**爸爸你是個虛榮的老頭子，你讓自己顯得很可笑**，但是還好克拉拉沒在這裡看著。

「——你人真好，馬克．吐溫先生！謝謝你。」

克萊門斯先生繼續漫步向前，努力不要太明顯地依賴拐杖，同時可以聽到身後傳來壓低的讚嘆聲，馬克・吐溫真是個慷慨的人！這麼好心，這麼親切！真是個紳士。這些話撫慰了他被女兒如尖銳斷奏的話語所刺傷的靈魂。

到了十二街，克萊門斯先生已經快喘不過氣，該死的膝蓋痛風也讓他舉步維艱，他只好煩躁地招手叫了出租馬車。

轉眼間，俊美的栗色馬兒達達的馬蹄聲便在碎石街上響起。轉眼間，冒險的旅程就此展開。

克萊門斯先生坐在敞開通風的出租車後座，丟掉了已經讓他覺得噁心的浸溼的雪茄菸屁股，然後打開包裝，點燃了另一根。他從富裕的朋友身上，學會了品嚐昂貴的哈瓦那雪茄，但是只有別人在場時，他才會容許自己享受這樣的奢侈品。當他一個人時，最便宜的雪茄就夠了。辛辣的菸讓他的心臟亂跳，但是如果他忍住超過一小時不抽菸，那該死的心臟就會亂跳得更厲害。

上次別人是怎麼誤解你的想法。

爸爸，不要去！

出租車顛簸了一下，克萊門斯先生咬緊了牙。他沒有想到小麥蒂在她的「祕密地點」等他，而是，很奇怪地，想到小時候的自己：那個失落的，父親不愛的小男孩山姆。這一頭火焰般紅髮，體弱多病，聰明急躁的孩子很得母親的疼愛，但他面孔瘦削的父親卻不然。他在荒涼的密蘇里鄉下當巡迴法院法官，是個失敗而憤世嫉俗的律師，而且從來不曾對山姆微笑過——一次都沒有！（事實確實如此，約翰．克萊門斯對任何一個孩子都不太微笑。）多奇怪，他居然在七十歲時，帶著興味，和過去的傷痛與憤怒，回憶起當小山姆不小心太靠近父親約翰．克萊門斯時，父親是如何瞇起眼睛，板起臉孔，像是突然聞到一種神祕難聞的氣味一樣。*但我還是愛那個冷酷無情的王八蛋。為什麼那個冷酷無情的王八蛋不愛我！*

群眾中總有人是你無法討好，也無法贏得的。

但是：你非做不可。

本來被認為活不過頭一年的小山姆，在他父親於一八五七年冬末過世時，已經十一歲。那臉孔瘦削的男人死於肺炎，很恐怖的死法：窒息。在臨終床前，他沒有理會他驚嚇不已的兒子。他並不想摸摸他的兒子。他沒有祝福要留給兒子，也沒有遺言要告訴他。他顯得憤怒懊惱。他是個虔誠的基督徒，是個贊成畜奴、決心維護這塊土地律法的法律人，是個敬畏上帝、嚴格遵從聖經誡律而結婚並「增加及繁衍」的男人，但是，他正在垂死邊緣，他跟死了沒兩樣，在四十八歲的年紀就已經萎縮衰老，任何禱告都幫不了他。

在世的時候，約翰・克萊門斯負債累累而一生勞苦。一個父親必定負債。當你出生時，你出生在債務中，你一出生就已經債台高築。很快你就發現人生就是設法爬出債務深淵的努力，就像爬出吸住你下半身的泥沼。你做牛做馬，你在努力中筋疲力竭。你試著爬出泥沼，但是你的敵人踢落你緊抓著的手指，用靴子的鞋跟踩住你的手。你是狂熱的基督徒，但他們比你更狂熱，他們的禱告被神傾聽，神與他們一同嘲笑你。可憐的王八蛋：你死去時，就跟你勞苦在世時一樣，負債累累，而你的家人繼承了你的債務。

火紅頭髮的小山姆透過鑰匙孔窺看一個當地的驗屍官解剖約翰・克萊門斯赤裸枯槁的屍體。男孩認識這個驗屍官，這讓整個過程顯得更不真實。這男孩不敢置信地盯著屍體的胸腔被像是尖銳的小型鐵鍬的東西撬開；這男孩驚駭又著迷地目睹看來像是屍體肺部的東西被取出，放在一個金屬桌上；還有一個肯定是心臟的東西，但不像任何愛心圖案，而是血淋淋的，充滿肌腱的一團肌肉。

一陣強烈的寒冷和抽搐向男孩襲來，他犯了錯，他撞見了不該撞見的東西，而這個錯誤將再也無法挽回。他在外面的草地上猛力嘔吐，彷彿把內臟都吐了出來，他的童年結束了。

他的母親讓他去給當地的印刷工當學徒：他勞苦的人生開始了。

工作，工作！盡一切可能，爬出債務的深淵：讓自己成為一個有錢人，拯救自己，脫離債務，脫離死亡。

但即使如此，你還是永遠無法拯救自己。

他的天使魚將不必聽這樣感傷的故事。克萊門斯先生絕不會對他的年輕朋友們，透露一字一句他早年毫無樂趣的生活。這個「名人」始終無法徹底消滅的那種羞恥，他對他親愛的孫女們絕口不提。

而現在這個女孩——她叫麥蒂琳嗎？還是麥蒂？——一個苗條的，很漂亮的女孩，可能是十四歲，但也很可能是十三歲，正如她答應的，在她的「祕密地點」，從第五大道和第八十六街交叉口走一小段距離，一個池塘上方，大半被黃楊木遮住的一張石頭長椅上，等著克萊門斯爺爺。啊，爺爺的老心臟加速跳動！他插在口袋裡的手指抽動，緊抓住那小小的禮物包裹。那女孩穿著最為精緻迷人的深藍制服背心裙，下身是百褶裙，而在背心裙下則是一件長袖的白色棉襯衫。她穿著細密的白色長襪，小腳上穿著亮閃閃的綁帶鞋。她油亮的深色頭髮編成兩條辮子垂在肩後，而她心形的臉蛋則因期待而泛紅。他的童年在一八五七年，在密蘇里州野蠻的漢尼拔鎮結束；而她的童年，在曼哈頓最文明的地區，絕不會在短時間內結束。

他很確定！他會確保這點。

「克萊門斯先生！」——女孩從長椅上跳起來。她本來坐在那裡，擺出看書或在一本筆記本上塗寫的樣子，但瞬間就撲到他身上，興奮激動，又跳又笑地，用她纖瘦瘋狂的雙臂繞住他的脖子，擁抱他，「——我看到一個全身白色的人，從那條步道走來，就知道是你。不可能是別人，一定是你——」她溫暖的雙唇掃過爺爺飽經風霜、此刻也因激動而泛紅的臉頰。他尷尬地彎身接受擁抱，克制自己回抱，因為他一手拿著冒著煙的雪茄，另一手則拿著杉木拐杖，「——我可以叫你『爺爺』嗎？——親愛的『克萊門斯爺爺』——我告訴媽媽我去找一個同學——我以前從來沒騙過媽媽，我發誓！——我在這裡等你，等得好孤單喔——」他的心臟一跳，一陣痛風的劇痛，讓克萊門斯先生一瞬間清醒了一下，正當他努力以完全的誠懇，不帶一絲舞台上的密蘇里拖長口音，說出：「親愛的麥蒂，我等你，也等得好孤單。」

再也無法忍受穿黑色的衣服——可憎的黑色——黑色，早晨的色調，死亡的色調——真希望我能穿各種彩色，女性獨享的閃閃發亮的彩虹的顏色——伊甸園的顏色！但是我會穿白色——最白的白色！——最純淨最原始的白！——在整個冬天所有黑暗可怕的日子裡——這是我們這個時代所有男人都不敢的。

最親愛的克萊門斯「爺爺」：

我好緊張，心底充滿了對我親愛的爺爺的愛，我好怕你沒辦法看懂我的字跡，因為這信紙上有這麼多污漬（淚水跟親吻）。我該如何謝謝你這美麗的天使魚別針，它就像親愛的爺爺神奇的琺瑯跟金色跟寶藍色的眼睛。**謝謝你**。

現在，我無時無刻不想著我親愛的爺爺。心中完全沒有其他人。怎麼可能有其他人。我是愛著你，我親愛的爺爺的小女孩。

愛你的「孫女」麥蒂
一九〇六年五月十四日
公園大道一〇八八號

該死的人類！就像梅毒一樣。一種必須被剷除的帶有劇毒的傳染病。

因為我是撒旦，我知道。

牠們游進上將細密的網裡，最精緻的百慕達天使魚：寶藍色的，大眼睛的，有著半透明閃閃發亮的魚鰭。而且小到可以被一個男人張開的手掌握住。

克萊門斯上將水族館裡此刻最年輕的天使魚，是親愛的，風趣的，甜美的小珍妮·安恩，柯斯里夫婦十一歲大的女兒。今年夏天柯斯里夫婦到鄉下跟他同住時，克萊門斯先生一定會再看到她。俱樂部比較新進的一個成員，則是超過十四歲一點，但克萊門斯先生深深希望還未滿十六歲的薇拉·布萊肯席。她是莫瑞斯·布萊肯席醫生的女兒，反覆善變，「個性強烈」。布萊肯席是公園大道上的醫生，負責照料克萊門斯先生的痛風、關節炎、消化道、呼吸道，和心血管疾病。另外還有令人著迷的小潔若丁·賀許菲德，克萊門斯先生在《哈潑雜誌》的編輯的小女兒。他從這孩子一出生就認識、喜愛她了——不過，這可能嗎？——但至少是好幾年前就開始了。還有小仙女兼小惡棍的芬妮·歐布萊恩。克萊門斯先生總笑著說他不能相信她，因為她總是在揶揄人。還有親愛的極度甜美的海倫娜·華雷斯。還有茉莉·波普，只要答應給點小錢，肯定可以說服她母親在今年夏天帶這個身材瘦長的女孩來看克萊門斯上將，就跟去年一樣。這些水族館俱樂部的特許成員很公開地佩戴著她們的天使魚別針，因為她們的父母不覺得這有什麼害處；事實上她們的父母很熟悉老克萊門斯奇特而慷慨的行為，反而對於自己的女兒如此受到注目感到與有榮焉。我已經七十歲，又沒有孫子，所以別人可能會以為我的心中左邊的空間空無一物，坑坑洞洞，荒涼寂寥；但事實上並非如此，因為我用最像天使的小女生將它填滿了。

「爸爸，你讓自己顯得很可笑。你都多大年紀了！爸爸，我是你的女兒：為什麼你有了我還不夠？」

克拉拉的聲音嘶啞赤裸，眼神因受傷而狂野。克萊門斯先生轉過眼睛，不敢看她。他有一刻感到愧疚的刺痛：在克拉拉的哀求中，他聽到了自己的哀求，對那許久以前，不曾愛他的父親約翰．克萊門斯。「親愛的克拉拉，或許那是因為，我是一個冷酷無情的王八蛋吧。」克萊門斯先生大笑，然後轉身離開。

但是，啊！——天使魚。儘管克萊門斯家裡氣氛緊張，儘管克萊門斯先生對克拉拉和珍妮感到失望，但只要想到他的女學生孫女們，他就會覺得自己煩憂的心舒展開來。

目前的天使魚，在克萊門斯上將保護的水族館俱樂部中，會籍有效的所有會員當中，克萊門斯先生覺得最精緻的應該就是小麥蒂琳．艾佛力，不只是因為她骨架細緻的五官，還有她純正的美國精神：因為小麥蒂發誓說，她決心要成為「詩人」——「讓全世界都注意到我。」

最親愛的天使魚麥蒂：

你不是最會騙人的小女巫嗎！——我是說，你已經如此嚴重地迷住了你的上將爺爺。親愛的女孩，你可以答應我永遠維持你現在的樣子嗎？不要改變一分一毫？現在是你的黃金歲月。這是上將爺爺的命令。

下週二在祕密地點見？下午四點後？那個囉唆叨唸的密蘇里老千馬克・吐溫仍持續大受歡迎，因此世紀俱樂部將舉行一場午餐會對他表示敬意，席間會有各種達官顯要起立敬酒；但之後，你的上將爺爺整個下午就自由了，因此他邀請你跟他一起去享受中央公園的綠意；以及或許之後去廣場飯店喝下午茶。啊，如果我最親愛的天使魚可以編造上音樂課，或去女生朋友家的故事，安撫媽媽的話！因為你知道，我們不能引起懷疑。

啊，我真厭惡這點！因為不論我們心裡多麼純潔，這世界——成人的世界都會粗俗嚴苛地評判我們，因此我們必須小心。

寵愛你的人獻上愛與親吻，

SLC

一九〇六年六月五日

上將總部，第五大道二十一號

在第五大道二十一號，他必須保持高度警戒，以防那個女妖女兒克拉拉攔截克萊門斯先生完全清白的信件。他不敢把信放在門廊桌上，讓僕人去寄，也不能放在大門旁的郵筒裡，而必須特別出門走一趟，親自寄出這些溫柔的信。

親愛的艾佛力小姐：

誠徵，租賃或購買：非常聰明而且非常漂亮的棕眼小女孩詩人，身高到男人肩頭，體重如一根羽毛，可以被他用手掌一手托起。所有回覆請寄至薩繆爾．克萊門斯上將，地址如下。

SLC敬上

一九〇六年六月八日

第五大道二十一號

最親愛的天使魚：

我今早醒來時非常快樂，因為我還沉醉在夢裡。我夢見在百慕達寶藍色的海水裡，我跟我的天使魚游泳嬉鬧，而我們所有人都奇異地——美妙地——沒有了身體；卻看得見彼此，就像只有敏銳的，而不低俗的眼睛才能看見幽魂一般。

親愛的麥蒂，我要為這歡愉的景象謝謝你。

SLC

一九〇六年六月十日

第五大道二十一號

最親愛的麥蒂：

我單獨一個人在這裡——雖然無一刻寧靜——而寂寞地想念著我的麥蒂天使魚，因為我必須在這個週末假扮馬克·吐溫（如果你的爺爺不那麼會表演他的把戲就好了，他就不會再被邀請去這類地方，也不會難以拒絕這麼慷慨的報酬），參加最奢華的宴會，聽著延續到深夜的敬酒。克萊門斯爺爺在這裡凝望著如汪洋一片的，紅光洋溢，豬排般的臉孔，和跟他自己一樣的斑白眉毛鬍子，而這被詛咒的靈魂看不到其中任何人搖擺著天使魚的魚鰭。因此他只能安慰自己，再過幾天，他就會回到紐約市，回到那個特別的地方。親愛的麥蒂，或許我會帶一兩個禮物回去。

愛你而孤單的爺爺，獻上愛與親吻。

SLC

一九〇六年六月十四日

俄亥俄州，克里夫蘭市，葛里森飯店

在第五大道和第九街交叉口的那棟花崗岩大宅，在克萊門斯先生可能接到天使魚來信的早晨，他必須特別小心等候寄來的信件：他會套上睡袍，把腫脹的雙腳塞進拖鞋裡，一跛一跛地走下寬闊的階梯，撐著拐杖設法來到門口通道，甚至走到街上，在克拉拉來得及攔截之前，急切地迎接嚇一跳的郵差。

最親愛的克萊門斯先生：

現在時間很晚了——晚到可以偷偷摸摸！——公園大道聖公會教堂已經敲過凌晨兩點的孤獨鐘聲。親愛的爺爺和我最親愛的筆友，我對你感到如此強烈的愛。媽媽相信我已經睡著了。她之前還責備我「興奮得昏了頭」，但是這怎能怪我呢，就是因為這樣的興奮，詩才會出現在我腦海，那些奇異地「合於韻腳」的詩句——

給我的上將
沒有祕密
是祕密，
除非分享在，
你我之間，
直到永遠！

你忠誠的「孫女」麥蒂
一九〇六年六月二十日
公園大道一〇八八號

這首謎語般的小詩立刻讓克萊門斯先生傾心：最迷人的女性詩句，幾乎完全俘虜了他。

「『永遠』！好長的時間。」

克萊門斯先生的其他好幾個天使魚也曾講到她們對文學的志向，也寫過很甜蜜的小打油詩，但是麥蒂琳．艾佛力似乎確實自成一格。在那個祕密地點，麥蒂曾經跟她的年長愛慕者分享過她為一堂美術課畫的幾幅粉彩畫；而從她談論音樂課的熱情看來，他也毫不懷疑她有音樂天分。他會送給她裝訂精美的伊麗莎白．白朗寧、羅柏．白朗寧，和但尼生的詩集；還有剛出版的，蒐羅了美國女性詩人作品的《詩歌花瓣花園》（*A Garden of Verse Petals*）。（他曾經稍微瞄過華特．惠特曼的作品，而對他粗俗、喧鬧、心思粗糙，卻讓人莫名激動的詩感到震驚，覺得完全不適合給女孩子或女人看。）克萊門斯先生已經送過麥蒂琳一本用精緻白色皮面裝訂的，馬克．吐溫的《聖女貞德回憶錄》（*Personal Recollections of Joan of Arc*）特別精裝本，而這可愛的孩子也帶著感激的淚水收下。

蘇西就是在十三歲時開始一項野心勃勃的計畫：她父親的「傳記」，因為她已經稍稍察覺父親的俗世名氣和聲望。當然，蘇西的父親在這計畫上給了她一些協助。懂得盤算的的克萊門斯先生本來希望出版《爸爸：馬克．吐溫十三歲女兒筆下的親密傳記》，寄望可以賣上幾十萬本。但是親愛的蘇西，就跟其他成長中的女孩一樣，突然對這計畫失去了興趣，拋下了寫了一半的句子，而且就那麼剛巧地停在一八八六年七月四日[3]：

我們到了科庫克，在很愉快的

該死！爸爸鼓勵蘇西繼續寫，或許爸爸還有點訓了她一頓，但是蘇西似乎永遠沒有時間。於是這本「傳記」就以小女生筆記的形式，存在好幾本筆記本裡，結果太輕薄，太不完整，甚至不可能讓克萊門斯先生加以篡改。後來的好幾年裡，他都不忍再去翻看那些與最珍貴的文件和手稿放在一起的筆記本，不忍再看到他寶貝女兒大而歪歪扭扭的字跡，充滿了許多可愛的拼字和文法錯誤。當他在心裡再「聽到」蘇西的聲音時，幾乎會感到一股身體上的刺痛。

一八八六年時，蘇西．克萊門斯是多麼年輕，他美麗的家人是多麼年輕，整個世界又似乎是多麼祥和美好！那時候撒旦一定也同樣在廣大的世界裡遊蕩，而人類就跟歷史上任何時候一樣虛偽、邪惡，大體而言毫無價值。但是對山姆．克萊門斯而言，似乎並非如此。他的妻子麗薇、他的女兒蘇西、克拉拉和珍妮都愛他。他也愛她們。那時候的山姆別無所求（除了錢，除了名氣，除了聲望），他無法真正了解，怎麼在沒幾年後，他的世界就會發生如此可怕的改變，蘇西會在一八九六年的八月，彷彿在一夕之間突然死於腦脊髓膜炎。

在此之後，人生就是個殘酷的、巨大的笑話。除此之外還能是什麼？無數個年頭，無數個十年，飛快地過去：年輕瀟灑的山姆・克萊門斯變成一個老頭子，火紅的頭髮變得雪白，一舉一動變得猶豫不決，就像一個人走路時隨時預期著突然的疼痛。他慢吞吞的密蘇里口音，他的魂魄分身馬克・吐溫的正字標記，在他耳中變得低俗有失身分，但是他不敢拋棄，因為這樣滑稽的言行是克萊門斯先生巡迴演講的生計來源。靠這樣賺錢，比孤單一個人關在家裡辛苦寫作要來得輕鬆多了。（寫作！足以賄賂人去做這種活動的唯一合理報酬是未來有一天，可以自殺的可能。）克萊門斯對他活著的兩個女兒的愛，是一種嚴酷的義務：她們沒有他會活不下去，尤其是病弱的珍妮。他受不了她們在身邊，也理解她們厭惡他。克拉拉在一次蘇西過世的忌日上，深深傷了他的心。那時爸爸在晚餐時醉醺醺而感傷地回憶起在「採石場」[4]（在紐約州艾密拉城以東），那段美好的往日時光，但克拉拉直率地告訴他，她和姊妹們一直都很怕他。她們愛他，沒錯，但她們更怕他，因為他刻薄的言辭、捉摸不定的脾氣、「變幻多端」的情緒，和他嘲弄人，而事實上是「折磨人」的習慣。還有該死的雪茄！

像毒藥一般，從他身上滲透出來。那揮之不去的腐敗的淡藍色煙霧，克萊門斯爸爸居住的任何地方都會有的臭味。

這些可怕的，女妖說的話，克萊門斯先生不願去想。

他寧可重讀小麥蒂琳・艾佛力的信，他喜愛的女學生字跡，重讀那首令人相當驚艷的小詩。雖然這詩並不「合於韻腳」，他卻覺得真的有詩的意味，至少可能散發出某種女性的敏感纖細。「這可愛的孩子是我的靈感。我的天使魚謬思。」但是他自己的字句仍來得無比艱難，他蒼老患關節炎的右手晦澀緩慢地移動，而他的思緒如此斷斷續續，他也不想浪費錢請一個速記員，至少還不到時候。他正該死艱難地，遲遲寫不出《哈潑雜誌》委託的稿子，更痛苦艱難地，被迫每天越來越早開始喝他最愛的蘇格蘭威士忌，並仍舊寫不出發生在十六世紀奧地利的，關於撒旦的複雜嘲諷故事。他看到像幻覺一樣鮮明的影像：撒旦是衣著光鮮，戴著單邊眼鏡，留著鬍子的維也納紳士，有一抹誘惑人的微笑。撒旦是住在我們體內，在我們最深最祕密存在的神祕陌生人。《神祕陌生人》——這是他靈光一現得到的書名——這將是馬克・吐溫所寫過的最精練的故事，是他這一生最偉大的作品，將會一下子將馬克・吐溫推升到他較狂熱的仰慕者長久以來一直宣稱他應享有的崇高地位：最偉大的美國作家。而《神祕陌生人》將會被拿來跟托爾斯泰最了不起的道德寓言相提並論。

數十年來被冷藏在冷峻的長老教會天堂裡，面孔瘦削的約翰・克萊門斯將會困窘憐愛地俯瞰他紅髮兒子的成就，是嗎？

克萊門斯先生笑著這麼想。「復仇這道菜最好冷著上。」在《神祕陌生人》之後，馬克．吐溫先生將開始進行一項會讓他的出版商和美國讀者們大為亢奮的計畫：以哈克貝利．芬、湯姆．沙耶和貝琪為主角的續集，一部充滿活力，溫馨動人的《新湯姆歷險記》。「這本作品將是一本熱賣暢銷書。說不定我會自己出版，不再只收『版稅』而已。」

這些生動活躍，自負自大的想法，這些希望，都要歸功於小麥蒂琳．艾佛力。但是確切的字句，寫在大型書寫紙上的字句，卻來得晦澀緩慢。雖然爺爺最漂亮的天使魚激勵了他，但也使他分心：滿腦子想著她。該死！或許他不能完全相信她不會跟別人分享那個祕密的——神聖的——地點，例如那種粗俗的口語所稱的「男朋友」。他也不喜歡那女孩的母親如此禮貌地一再拒絕他的邀請，不肯讓女兒來第五大道二十一號看他，由他指導她打撞球這種純潔的藝術；而且似乎也拒絕帶她到麻州的摩納諾克5作客——他和克拉拉會租下那裡一間避暑小屋。當然，會有其他客人來陪伴年老焦躁的克萊門斯先生！而且當中還會有好幾個非常可愛的天使魚女孩，但是他會想念小麥蒂，而他很討厭這樣。

最親愛的天使魚：

親愛的，你很確定你媽媽不會同意七月時帶你來摩納諾克一個星期嗎？疼愛你的爺爺會很樂意支付火車票和其他任何開銷！

小麥蒂和爺爺或許可以在山丘間漫步，用網子抓蝴蝶。而你媽媽似乎不像是喜歡漫步的那種人，因此她或許可以悠閒地坐在陽台上眺望山丘。我相信她會覺得很開心。

啊！親愛的，請你務必問問看，否則我會很苦惱。

獻上愛與墨漬（許多墨漬！），你的爺爺

一九〇六年六月二十六日

第五大道二十一號

親愛的，最親愛的麥蒂：

親愛的，至今還沒有你的回音，讓我很是心煩。我女兒克拉拉很不高興，因為我把前往摩納諾克的時間延後了一星期，藉口是我必須在出發前完成《哈潑雜誌》委託的稿子。

我很珍惜我們上次在祕密地點的會面，雖然感覺已經是好久以前了。最親愛的麥蒂琳，請記得，

沒有祕密
是祕密，
除非分享在，
你我之間，
直到永遠！

愛你的爺爺SLC
一九〇六年六月二十六日
第五大道二十一號

所有天使魚當中最親愛的：

請原諒我！親愛的麥蒂，最疼愛你的爺爺直到早上才發現，今天是你一個**非常特別的日子**：你的生日。所以我已經指示花店立刻送十四朵「象牙白」玫瑰給你，每一朵代表你珍貴人生的每一年，並附上一張生日卡，寫著**生日快樂，親愛的麥蒂**。

爺爺很苦惱已經有一段時間沒見到他最愛的孫女。請你明天下午四點一定要去祕密地點好嗎？我保證你會收到更多禮物。

親愛的，請不要讓我心碎。這是一顆蒼老的「老菸槍」的心，而且因為折磨而更損傷了。

我會用墨漬（親吻！）彌封這封信，並趕快寄出，那麼如果我很幸運，這封信就能在我的生日女孩生日結束前，送到她手中。

愛你的爺爺，SLC
一九〇六年六月三十日
第五大道二十一號

親愛的生日孫女：

明天當我們見面時（我真心希望我們會見面！），我將會帶好幾個克萊門斯上將的神奇魔力蛋糕去：讓我最愛的天使魚小口小口地咬，讓她永遠年輕，永遠這麼可愛，永遠屬於我；讓她可以縮進爺爺的臂彎，或者更好，可以非常祕密而溫暖地，縮進爺爺的腋下，那裡有著灰白的，令人發癢的毛髮。（我的蘇西還只有一丁點大時，就曾假裝躲在那裡。）

你親愛的爺爺已經好幾個晚上沒有入睡，唯恐他最溫柔的夢會消失，而他的空中樓閣會再一次，傾頹倒下！

愛你的爺爺，SLC

一九〇六年六月三十日午後

第五大道二十一號

我們都是瘋狂的，只是以不同的方式。克萊門斯先生思考了一會，決定不在附註裡加上這句格言般的話，而立刻把信寄出。

兩天後，克萊門斯先生在第五大道二十一號的門口通道攔下郵差，從他手中拿過好幾封信，而其中只有用女學生筆跡寫著給「薩謬爾．克萊門斯先生」，散發著淡淡甜蜜香氣的奶油色信封，是他有興趣的。

「爸爸！」——克拉拉就站在他身後，嚴厲地看著他。「爸爸！你又穿著睡袍和拖鞋跑到街上來了，你的頭髮也亂蓬蓬的根本沒梳，你老是這樣，真是的！」

年邁的克萊門斯先生顯得如此心不在焉，克拉拉不得不懷疑他是否認得她。

上樓回到臥室後，克萊門斯先生趕緊打開信封。他熟練的眼睛立刻跳到簽名部分，愛你的孫女麥蒂，這讓他安了心，但信的內容卻是令人不快的驚嚇。

最親愛的克萊門斯爺爺：

謝謝你送來這麼美麗的玫瑰，你對我真的**太好了**。謝謝你**謝謝你**，親愛的爺爺！（你的禮物對我意義重大，其他禮物根本遠遠不及。）我很抱歉我錯過了在祕密地點跟你見面，我也很難過媽媽拒絕了你慷慨的邀請。（親愛的克萊門斯先生，我們家裡發生了一些不愉快的事，但我現在就不拿這些事煩你了。）最親愛的爺爺，我星期五時會到我們的祕密地點，而且非常希望到時候能見到你。我肯定爺爺的神奇蛋糕一定很好吃！

不過我已經十六歲了，親愛的爺爺，不是像你以為的十四歲，恐怕可能已經大到不適合「一小口一小口地咬」爺爺的神奇蛋糕了。但是我想十六歲是很棒的年紀。我會比以前自由得多，媽咪得給我多點自由！

我必須趕快用「許多墨漬」封好這封信，因為媽咪在我房間外面鬼鬼祟祟的，而且她非常嫉妒，你知道的。（就像我的同學也都好嫉妒我漂亮的天使魚別針，真的！因為我誇耀說這是克萊門斯上將給我的。）

親愛的爺爺，我迫不及待地希望在星期五見到你，如果可以的話，因為我親愛的爺爺是這世界上我最在乎的人，除了你，其他人的意見根本無關緊要，只有你才知道，我是不是個「正在萌芽的女詩人」，因為我的祕密身分是，比全世界的人都愛你的小女孩。

愛你的孫女麥蒂
一九〇六年七月三日
公園大道一〇八八號

克萊門斯先生在驚嚇狀態中，跌跌撞撞地走到書桌旁，頭暈目眩地坐了好幾分鐘，動也不動，彷彿癱瘓了。然後他笨拙地拿起筆，匆忙而潦草地寫下：

親愛的艾佛力小姐：

很不幸地，星期五恐怕沒辦法。我女兒克拉拉非常生氣我們一直待在這個熱氣蒸騰而讓人昏沉的城市，堅持我們必須立刻出城去鄉下。

你忠誠的朋友，SLC

克萊門斯先生很快封好這封簡短的信，並且拿出去寄，因為他害怕打開，也害怕修改。但是當天稍晚，關上房門，防堵一直保持戒心的克拉拉之後，他用比較受控制的手再度寫信。

親愛的麥蒂琳：

很高興你覺得我送的玫瑰花小禮物很漂亮，但是我必須道歉，花束不如你有理由預期的那麼大。很抱歉，親愛的！然而就如我們都知道的，SLC是一個老人了。

SLC敬上

一九〇六年七月五日

第五大道二十一號

再一次，克萊門斯先生匆匆地封好信封，撐著拐杖，蹣跚走到第五大道上去寄信。而到了早上，在一整晚輾轉難眠，痛苦咳嗽，抽雪茄喝蘇格蘭威士忌之後，他在一陣激動中寫道：

親愛的麥蒂琳．艾佛力：

十六歲！——你知道，這是行不通的。你真是最會騙人的小女巫，完全沒有顯露出你的年紀——

很抱歉，我們恐怕不能再見面了。艾佛力太太可以放鬆警戒了——

親愛的麥蒂琳，很遺憾我無法再細讀你的詩句了，因為我很快就得交出一件「重大」的新作品給我的出版商。

十六歲是個尷尬的年紀——不是嗎？你同時是個女學生，也是個「年輕小姐」——並且很快就會開始學習巫術了。你的爺爺可能很後悔來不及給你神奇蛋糕小口小口地咬，因此這個老傻瓜必須忍住，不給你獻上最後一個墨漬，因為這已經不合適了——是吧？

大約一世紀以前，在密蘇里州那鄉下地方，當薩謬爾．克萊門斯十六歲的時候，就被迫成為大人，並且一天至少工作十小時，如果運氣好的話。而在我們這個時代，在紐約市，在公園大道這個文明的地區等等，一個十六歲的年輕小姐則要準備迎接成為「未婚妻」、「新娘子」、「妻子」——甚至是「母親」——而這些都不在老上將的管轄範圍內。

親愛的，如果你希望繼續佩戴你的天使魚別針，我希望你不要到處告訴別人別針的來源——

除非——這樣的願望是有魔力的——你可以回去十四歲——或十三歲！——因為你親愛的臉孔是如此純真，絕對不會不合適。

再會了，晚安——

SLC

一九〇六年七月六日

第五大道二十一號

我的夢如此幻滅。我的財產如此消逝。我的空中樓閣如此傾頹倒地，只留下我備受打擊，孤獨寂寥。

啊，山姆．克萊門斯是備受景仰的人上人！一個有無數朋友、而且包括許多有錢朋友的人。但克萊門斯先生最親密的朋友是約翰先生。他們是在許久以前，在內華達州卡森市，一場喧鬧酒醉的撲克牌賭局中認識的。

約翰先生是第五大道二十一號的永久訪客。約翰先生陪同克萊門斯先生到鄉間旅行。約翰先生專注傾聽克萊門斯先生在場時，現場爆發的如雷掌聲：這麼長久，這麼興高采烈，這麼樣夾雜著口哨聲，和好啊！好啊！的喝采聲。但約翰先生不一定佩服讚嘆。約翰先生的本性就是不容易感到佩服。約翰先生其實是個冷酷無情的王八蛋。但是約翰先生仍是克萊門斯先生最親密的慰藉。約翰先生安穩地窩在克萊門斯先生的外套內袋裡。約翰先生因克萊門斯先生的血液而溫熱。約翰先生睡在克萊門斯先生的鵝毛枕頭旁。到了晚上，克萊門斯先生顫抖地醒來，因為他的皮膚變冷，他血液中的溫熱被約翰先生的寒冷吸乾。

在鑲著金銀細絲鏡框的鏡子前，克萊門斯先生站著，約翰先生在他的右手顫抖，槍管抵在他的右邊太陽穴。

約翰先生？

是，克萊門斯先生！

你「就開槍位置」了嗎，約翰先生？

我相信是，克萊門斯先生。

你不會臨陣退縮，約翰先生？

先生，如果你不臨陣退縮，我就不會臨陣退縮。

你保證，約翰先生？

當然不，先生。我不保證。

什麼？為什麼不行？你不是我的約翰先生嗎？

當然是，克萊門斯先生。所以我這個人不能相信。

克萊門斯先生死後，約翰先生將被克拉拉發現，在克萊門斯先生臥室上鎖的櫥櫃裡，六顆子彈都原封不動。

我還活著——是嗎？這是活著嗎？

克萊門斯先生隱居到摩納諾克，而為了填補內心的那個洞，他決心要寫作。在摩納諾克，克萊門斯先生以瘋狂激昂的情緒，一邊喃喃咒罵地，再度嘗試提筆，寫作那個維也納紳士撒旦的浮誇故事。有約翰先生作為他的慰藉，即使這冷酷無情的王八蛋不能相信，他還是在激烈的厭惡中，努力完成了一篇咆哮怒罵的辯論，篇名是：〈凌遲合眾國〉（The United States of Lyncherdom）。然而他在世的時候，沒有刊物願意刊登這篇文章。他零零落落的想像著《新頑童歷險記》，把自己，和這屋子裡小心翼翼伺候著他的所有人都搞得筋疲力盡：「這一定會是一本該死的暢銷書。現在肯定是時候了。」但是在做夢神遊似的筆下，在他的筆記本裡，六十歲的哈克從不知道什麼地方回來——而且瘋了。他以為他又變成小孩子，於是在每張臉上搜尋湯姆和貝琪等人的臉。最後湯姆終於出現，同樣六十歲，環遊世界回來，找到哈克。他們一起聊著往日時光，同樣孤獨寂寥，這一生是個失敗，一切值得愛的，一切美麗的，都已經在塵土下。他們一起死去。

「看吧，爸，你一定很得意，你公園大道的筆友真是不屈不撓。」

克萊門斯先生忠誠的女兒克拉拉站在那裡，雙手緊握著一條看似被勒死的蕾絲手帕。親愛的克拉拉目光熊熊，得意地笑著。但是，在這風景如畫的摩納諾克山脈裡，佔地寬闊的鄉下別墅，克萊門斯先生仔細地安排了一個又一個活潑的客人，圍繞在他身邊，包括賀許菲德一家人、華雷斯一家人，還有波普太太和她女兒茉莉，因此這年長的紳士冷靜地接下從第五大道二十一號轉來的信件，彷彿它們來自另一個被遺忘在身後的人生：奶油色，散發淡淡香氣，用急切的女學生字跡寫著給薩謬爾．克萊門斯先生的信封。他太年老，也太紳士，而不想落入克拉拉不屑口氣的圈套。他只是冷靜地拿走那個奶油色的信封，連同早上寄來的一疊信件，到他的臥室裡獨自拆封，細讀。克拉拉不敢擅自進來這裡，至少當克萊門斯先生住在這裡時。

「『不屈不撓』——沒錯！就像吸血水蛭緊黏著頸動脈一樣。」

親愛的克萊門斯先生：

我知道自己惹你生氣了，因為你那一天沒有註明日期但應該是七月五日寫的那封信，是那麼突然——我淚水盈眶地看了一遍又一遍——如果你不希望的話，我不會再戴我美麗的天使魚別針了——如果你要求的話，我會把它還給你——

媽媽或許會帶我出城，去澤西州海邊——我媽媽在海灣角的親戚家，在海邊——但今年我不想去——

我只希望——親愛的克萊門斯先生——我能夠「讓時光倒轉」——或許你就不會生我的氣了。

我可以獻上愛與墨漬嗎？因為我覺得好孤單，因為我是最愛克萊門斯先生的小女孩。不然我還能是誰呢？

你忠誠的朋友，麥蒂琳·艾佛力

一九〇六年七月七日

公園大道一〇八八號

最親愛的克萊門斯先生：

我剛收到您七月六日的信——我嚇壞了，沒想到居然會有這樣的誤會！克萊門斯先生，我不是覺得您美麗的花束「不夠大」，不如我的預期，而只是想讓你知道我不是十四歲，而是十六歲。親愛的爺爺，我絕對沒有惡意！

我希望你會原諒我？我不知道自己做錯了什麼事。我知道我很笨。在學校裡，老師稱讚我的作業時，我腦袋裡都有個聲音說，可是你明明很笨，又很醜，而老師似乎是故意嘲笑我，其他的女孩也都知道。媽媽最近也罵我，因為我似乎什麼事都做不好。媽媽說我很「笨手笨腳」，老是「莽莽撞撞」。如果我認為親愛的克萊門斯上將對我不高興，或不屑我，那麼願我被一劍刺入心臟，而且就像聖女貞德一樣，我願意接受任何傷害。

你忠誠的朋友，麥蒂琳．艾佛力

一九〇六年七月八日

公園大道一〇八八號

親愛的，最親愛的克萊門斯先生：

我重讀你的信，似乎覺得你對我不高興，是因為我十六歲了。請不要停止愛我，克萊門斯先生，你是這麼溫柔的人，是最親愛的，不會傷害我的「爺爺」，不是嗎？我可以獻上愛與墨漬嗎？克萊門斯上將是故意捉弄我，要逗我笑，但願當我從哀傷的夢中醒來，就會發現事實正是如此。

你忠誠的朋友，麥蒂琳．艾佛力
一九〇六年七月十一日
公園大道一〇八八號

親愛的克萊門斯先生：

我相信你已經去鄉下了——「摩納諾克」——我沒去過的地方——你本來如此好心地邀請媽咪跟我一起去的地方——但是我們沒辦法去，喔，我真希望我現在就在那裡，親愛的克萊門斯上將！如果能再見到你溫柔的臉，聽到你的聲音，那會有多好　親愛的爺爺這裡好孤單

親愛的爺爺你答應要教我撞球你忘了嗎

我真希望知道你為什麼生我的氣。我本來以為十六歲會是充滿希望的年紀，因為我會有更多自由，連媽咪也得放手。克萊門斯先生，當你送我書，鼓勵說我的詩寫得好時，你似乎對我有很大的期望，認為兩年後我就會離家去上大學，成為一個「年輕小姐」——我沒想過這會是丟臉的事

我希望你會很快寫信給我，我覺得好難過，因為我是那個愛你的女孩

你忠誠的朋友，麥蒂琳．艾佛力
一九〇六年七月十五日
公園大道一〇八八號

最親愛的克萊門斯先生：

由於沒有任何給我的信件轉來這裡，我爺爺奶奶的避暑別墅，我很怕你還沒有寫信給我，怕你還在繼續生我的氣。我希望告訴你，在你七月六日寫來的信，我這輩子都會珍藏的這封信中，你說得對極了，十六歲真的是「尷尬」的年紀，也是非常不快樂的年紀。我沒有察覺「巫術」會發生在我身上，但是其他我不希望的事卻已經發生了。我好羞愧，

我變成這個年紀，我卻無力改變。許多個夜晚，我都哭著睡著，覺得我的心皮開肉綻，疼痛不已，像是碎成千萬片。最親愛的「爺爺」。我保證我不會變成「未婚妻」、「新娘子」、「妻子」、「母親」。永遠不會！

我真希望六月那時我能跟你在祕密地點見面，但那時候我們家裡很混亂，現在也是。我一直把那美麗的天使魚別針收在枕頭下，在親吻它時，回想你的溫柔，以及你那時候似乎是那麼愛我。我最近在讀的是《傻瓜威爾遜》（*Puddn'head Wilson*），他在我的腦袋裡用一種怪異譏諷的口氣說著

「我們非死不可，這真是艱難」——這些話從非死不可的人口中說出來，真是奇怪的抱怨。

希望你會很快寫信給我，而且夏天結束時，我們可以在祕密地點再見面，我是愛你的小女孩，

「麥蒂」

一九〇六年七月二十三日

公園大道一〇八八號

最親愛的克萊門斯先生：

請原諒我這張信紙沾滿了淚水和海浪的浪花。我正在我這裡的祕密地點寫信給你。這裡沒有人會來，因為海灘上的沙子太粗糙，而突出的岩石很醜陋，而且他們也覺得走到這裡來太遠了，所以我就可以一個人在這裡。我現在最親愛的朋友是傻瓜威爾遜，但親愛的克萊門斯先生，你卻告訴我，他不過是一具機器。

為什麼我們會在孩子出世時歡欣，在喪禮上哀傷？那是因為我們不是當事人。

想著你，我親愛的，「最老的」筆友，我是愛著你的小女孩，

「麥蒂」

一九〇六年七月二十七日

新澤西州，海灣角，海景路二二三號

親愛的克萊門斯「爺爺」：

昨晚在夢裡，你對我說話，我好清楚地聽到你的聲音！——雖然我看不到你的臉，一

切都很模糊。「我身體不太好，親愛的麥蒂。我在這裡等你。」這是我聽到的話，後來我激動顫抖地醒來！喔，我真希望摩納諾克就在附近——我會走路去看我最老也最親愛的朋友——我會為你帶來這裡生長的，最美麗的野玫瑰和梅花草花束，我相信你一定會喜歡，因為你說過好多次，你崇拜美麗。

就如愛是看不見的
愛也是無法分割的
愛被框在時間裡
但愛是沒有時間的
愛存在你我之間
是永恆的承諾

親愛的爺爺，我承諾我絕不會吃東西，以免我繼續長大！我很厭惡我自己，看著鏡子就讓我覺得恐怖。但是我會小口小口咬著神奇蛋糕，像愛莉絲一樣變小。那我就能非常祕密而溫暖地躲在爺爺的腋下，因為我是愛著你的小女孩，你願意原諒我嗎？

「麥蒂」

一九〇六年八月一日

新澤西州，海灣角，海景路二二三號

最親愛的克萊門斯先生：

過去這麼長的一段時間，我都在等待你寫來的信，但沒有任何信來。我必須坦承一件丟臉的事，那就是媽媽不希望任何人知道爸爸現在不跟我們住在一起。當我很開心地跟你在廣場飯店裡，而媽媽斥責我太過亢奮時，那時候我們都很擔憂，因為爸爸才剛離開我們，而大家都說爸爸會回來。媽媽總是這樣說，可是好幾個星期，好幾個月過去，而家裡（在我好孤單的海灣角這裡）的人，都不願意告訴我他的事。但是我知道這是一件丟臉的事。有時候我覺得我遠遠看到爸爸在海灘上，而他跟陌生人在一起，可是每次都不是。有時候我覺得看到你，親愛的克萊門斯先生。可是那從來都不是爸爸，也都不是你。

我還是希望你會原諒我。媽咪說大家都說我「聰明」，可是我真的太幼稚了，也太常哭了，可是媽媽不知道我最深刻的眼淚是她看不到的。

獻給我親愛的「上將爺爺」愛與墨漬，來自永遠愛他的這個小女孩。

「麥蒂」

一九〇六年八月十九日

海景路二二三號

親愛的薩謬爾．克萊門斯：

很抱歉我冒昧來信！實在是因為我已經無計可施了。

我希望你會因為我們曾有的愉快相處而記得我。我是茉瑞兒．艾佛力，麥蒂琳的母親。你曾經很親切地邀請我跟我女兒去看天鵝湖，之後並去了廣場飯店，還去過一次在「大廳劇場」舉辦的，令人難忘的「馬克．吐溫之夜」。

親愛的克萊門斯先生，我相信當你知道我的女兒麥蒂琳在過去幾個星期以來變得非常不快樂而心煩意亂，而且拒絕吃飯，以致於瘦得不成人形，簡直像具活骷髏時，你也會感到擔憂。我很震驚地發現，我扶她上床時，都可以感覺到她衣服底下那可憐尖銳的骨頭。她的臉色如此蒼白，她的手腕骨頭就像麻雀的骨頭一樣纖細。我一直試著找人幫助麥蒂琳，但我們很難強迫她吃飯，而如果你對她生氣，她就會面向牆壁，像是決心求死。麥蒂琳是個內向的女孩，很孤單，對她的父親的感覺也很混亂（她父親離開了這個家，正無理取鬧地在要求離婚）。我們已經在這炙熱的天氣裡回到城裡，以便讓麥蒂琳住院治療。我很擔心她的病情會迅速惡化。克萊門斯先生，我真的好擔心我女兒。她告訴我，你不再寫信給她了。在海邊時，麥蒂琳會沿著海灘走上好幾里，我們經常不知道她去了哪裡，很怕她會走進海裡淹死。她變得好瘦，克萊門斯先生，你一定都認不出她了。克萊門斯先生，我不是在哀求你，只是想求助於你和善的心，希望你能像以前一樣，寫一封簡短的信給這孩子，跟她解釋，你並沒有「生她的氣」，沒有「厭惡她」——因為麥蒂琳根深蒂固地認為如此。你說過，你自己也有女兒，所以你知道她們在麥蒂琳這個年紀時有多情緒化。只要你好心地為麥蒂琳做任何一點事，不論是什麼，我相信都會有很大的幫助。

我這樣冒昧寫信給一位名人，實在是為了救我女兒的性命，請不要對我生氣。我知道我不太會寫東西。麥蒂琳說你出現在她夢裡，但現在你都不理會她，她的心都碎了！求求你，克萊門斯先生，告訴這個崇拜你的可憐孩子，你並不討厭她。

我在此預先謝謝你的好心幫忙。

誠摯的，茉瑞兒．艾佛力（太太）

一九〇六年八月二十四日
公園大道一〇八八號

親愛的薩謬爾．克萊門斯：

已經過了好幾天，我還沒有接到你的回信，答覆攸關我女兒麥蒂琳．艾佛力性命的緊急狀況。

克萊門斯先生，我希望你知道，麥蒂琳因為體重嚴重下降，在昨天晚上住進了萊辛頓大道的聖公會醫院，而醫生說她的樣子像是十一歲，而不是十六歲的女孩子。她非常沉默，心情抑鬱，似乎毫不在乎自己是死是活，家裡的任何人都說不動她。醫生警告說，如果她不趕快攝取養分，至少吃一些流質食物，她年輕的心臟就會因此受損，她的腎臟也可能「休克」。喔，我一直對上帝祈禱，全家人都一直禱告，而我們的牧師，麥蒂琳的父親也來看她，可是她閉上眼睛，聽都不聽。

我還是覺得，親愛的克萊門斯先生，來自你的一封信或一張卡片，甚至是親自探視（雖然我不敢這樣奢望！），一定就會對麥蒂琳大有幫助。親愛的克萊門斯先生，如果你有這樣的心，我會萬分感激。

在此先謝謝你的好心。

茉瑞兒・艾佛力（太太）敬上
一九〇六年八月二十八日
公園大道一〇八八號

親愛的薩謬爾・克萊門斯：

克萊門斯先生，我發現了你寫給我女兒麥蒂琳，而被她藏在房間的許多封信。我非常生氣。這些終於曝光的「爺爺」、「天使魚」、「祕密地點」、「愛」等等字眼，讓我覺得很噁心。在醫院裡，麥蒂琳不肯談這件事，也沒有人願意嚇到她。克萊門斯先生，除非我收到你的回信，否則我將會把這些信交給我的律師，然後我們看著辦，看是不是要上法院解決！

茉瑞兒・艾佛力（太太）敬上
一九〇六年八月三十日
公園大道一〇八八號

* * *

我如此坦白地說這些空虛的事，是因為我已經是在墳墓裡說話的死人了，我想我們一直要到死了，才會真正地純粹地變成完整誠實的自己，但是他醒來時發現自己正在摩納諾克高大的沼澤草叢裡蹣跚前進，氣喘吁吁，而女孩子們已經往前跑去，天使魚們正領著她們的上將進行一場嬉鬧的月光下的捉蛾遊戲，而每個女孩都拿著捕蝶網和浸透了三氯甲烷的手帕（最慈悲的死法，克萊門斯的醫生給了他一小瓶三氯甲烷）。啊！那味道甜美得噁心，卻又怪異得愉悅，克萊門斯先生喊叫，要這些沒耐心的女孩子們等他，但是女孩子們躲了起來，是嗎？——而且在大笑？**克萊門斯先生！爺爺！**尖銳殘酷的叫聲，像是他胸腔骨瘦如柴的盔甲裡的刺痛，像玻璃破碎一般的笑聲，月亮白色的大眼睛眨也不眨，毫不憐憫地瞪著他，批判他，而克萊門斯先生身體搖晃而一滑，一邊膝蓋（有痛風的那邊）跪倒在沼澤泥土上，有可能是其中一個令人神魂顛倒的天使魚絆倒了他嗎？搶走了他的拐杖？另一個則用她的捕蝶網敲著他的肩膀和低下的頭拷打他，還有一個——那迷惑人的小女巫茉莉．波普？——用她浸了三氯甲烷的手帕摀住他的臉。因為到了這個漫長夏日的薄暮，這些天使魚已經厭倦了這些幼稚的遊戲，例如撲克牌、比手畫腳，還有象棋，只有在月光下捉蛾可以滿足她們，讓她們狂亂地揮舞網子，快速困住並馬上「迷昏」她們的獵物飛蛾，丟進袋子，並跑向沼澤草地去。克拉拉一直強烈不贊成這些天使魚這樣尖聲亂叫的粗魯遊戲，但克拉拉從來不敢去追她們，克萊門斯先生也不敢「約束」她們，擔心會惹她們生氣。可憐的克萊門斯先生穿著染了草汁的白色衣服，這老人像一隻受傷的巨大飛蛾不知所措，白髮往上飛舞，就像你想像中鬼魂的頭髮那樣飛揚，難怪那些女孩子會尖叫著嘲笑這個跟不上她們的，腳步蹣跚的老上將。老上將來不及轉彎，無法擋住她們狡猾的又戳又刺，而最兇猛的攻擊來自於——是那甜美嚴肅的小海倫娜．華雷斯嗎？——在月光下幻化成魔鬼，雙腿猶如閃亮的彎刀，眼睛猶如悶燒的煤炭。**克萊—門斯先生！爺—爺！在這裡！**逗弄他，折磨他，因為這老人在這狩獵中遠遠落後，他笨拙地撲向飛蛾，徒勞無功，最美麗的發著銀色磷光的蛾、有著微黑條紋的蛾、翅膀上有著最繁複鱗片的蛾。這漫長的一天裡，他不斷被有害的念頭，和一連串電話騷擾。克萊門斯先生在曼哈頓的律師打來可恨的電話，一再要求商討一件非常緊急的事件，而事件內容即使對克拉拉也不能透露（至少，直到他們別無選擇非透露不可），因為這是一件非常敏感的事，非常私密的事，千萬不能讓這樣的醜聞洩露到報紙上去。克萊門斯先生是最正直最德高望重的紳士，是這個不純潔的時代裡純潔的象徵，你看，克萊門斯出現在公開場合時永遠是一身耀眼的白，是唯一有這樣高尚純真的心地和動機的美國男性，因此他才會穿著無瑕的純白。所以，絕不能容許一個密謀勒索的女人毀了克萊門斯先生的名譽，而克萊門斯先生的律師將會確保這點，現金賠償將會私下交付，保密承諾將會達成，法律文件將會簽署，一個年輕女士的住院和醫療費用將會被全額負擔，或許在紐約北部一間療養院的長期休養也可以安排，而克萊門斯極度不快樂而精神衰弱的女兒珍妮只是剛巧也住在這裡。啊，這一天！這煩惱的一天！上將覺得最脆弱最需要親吻，最需要天使魚坐在他膝上的一天，腿長得驚人而健壯的天使魚，輕浮、魯莽，趁一個老人家身心虛弱時佔他便宜，在老人的背後互相眨眼，在玩撲克牌和象棋時作弊，甚至在克萊門斯的神聖撞球遊戲上作弊，讓那個狡猾的小女巫茉莉・波普從他身上贏了五百個銅幣，而他努力置之一笑，彷彿這損失沒讓他煩躁，沒讓他生氣，他也被薇拉・布萊肯席的善變行為傷害，她當著他的面笑，薇拉那柔軟年輕的胸部從她汗溼的罩衫下突出，而她的眼睛！——薇拉的眼睛！——像一隻大貓一般令人膽怯。他蹣跚地走在避暑別墅後方潮溼高大、葉片尖銳的沼澤草叢裡，腫脹的腳陣陣疼痛，胸口的疼痛有如刀刺強烈，讓他氣喘吁吁，誰拿走了爺爺的拐杖？——因為爺爺沒有拐杖就無法走路，他只好被迫爬行。

在上面的，燈火燃燒著的屋子裡，克拉拉用懇求的語氣對他喊叫，爸爸，過來這裡！

爸爸，這樣是不對的！爸爸，你會傷到自己！爸爸，你得送這些女孩回家！你必須請你的客人回家！為了救你自己，爸爸！喔，爸爸，為什麼我們有了彼此還不夠，我是你的女兒啊，爸爸！像惡魔鶴鶉一樣突然地，這些女孩從高聳的草叢中飛撲向爺爺，用她們的蝶網戳他，用浸透三氯甲烷的手帕搗住他的鼻子，她們年輕的笑聲多麼殘酷，克萊門斯爺爺滑倒跌落，揮舞著雙臂努力要恢復平衡，艱難地直起身體，儘管他的雙腿疼痛難當，他伸手向他的天使魚，他渴望擁抱他的天使魚，他的心臟在胸中劇烈狂跳，所以他知道我還活著——是嗎？——還活著？——這是活著嗎？

譯註

1 Hearts，或譯「傷心小棧」，與華人世界流行的拱豬遊戲規則相似，但不完全一樣。

2 Jeremiah，舊約聖經中，耶利米書的作者，他的不幸預言都不被以色列人相信。

3 克萊門斯在一八八六年七月回到距離他成長的小鎮漢尼拔不遠的愛達荷州科庫克市，參加家族聚會，並受邀在當地的美國獨立紀念日慶祝會上演說。

4 Quarry Farm，是馬克・吐溫與家人在一八七〇到一八八〇年代的避暑別墅。馬克・吐溫在這裡完成了許多重要作品，包括《湯姆歷險記》（*The Adventures of Tom Sawyer*）、《頑童歷險記》（*The Adventures of Huckleberry Finn*）和《乞丐與王子》（*The Prince and the Pauper*）等。

5 Monadnock，位於新罕布夏州的一處著名山區度假勝地。

薩謬爾・克萊門斯（Samuel Langhorne Clemens, 1835-1910）

薩謬爾・克萊門斯最常用的筆名是馬克・吐溫（Mark Twain）。一般認為該筆名源自他早年的水手生涯，意思是「兩個標記」，亦即水深兩潯（一潯約一・八公尺），為輪船安全航行的必要條件。

克萊門斯於一八三五年出生在美國密蘇里州鄉下，一個貧窮的律師家庭。他四歲時，全家遷往密西西比河旁的港市漢尼拔（Hannibal）。這裡也成為他後來知名著作《湯姆歷險記》和《頑童歷險記》的故事場景。

克萊門斯十一歲時，父親死於肺炎，之後他成為印刷學徒及排字工人。他在十八歲時離開家鄉，陸續在多個城市當過印刷工人，之後則在密西西比河上成為輪船領航員，其薪資在當時相當可觀。他一直擔任領航員到南北戰爭爆發為止。

南北戰爭期間，克萊門斯曾短暫加入民兵部隊，但發現自己無法忍受殺人而離開。後來他開始在報社工作，也陸續發表多部作品，而在文壇成名，包括記錄他在歐洲和中東旅程的《老憨出洋記》、小說《乞丐與王子》，以及最成功的《湯姆歷險記》和續集《頑童歷險記》等。

他與妻子歐麗維亞．藍頓（Olivia Langdon）於一八七〇年結婚。他們的第一個兒子在年僅十九個月時死於白喉。之後他與妻子陸續生了三個女兒，其中他最疼愛的女兒蘇西在一八九六年死於腦膜炎，歐麗維亞則在一九〇四年逝世。

克萊門斯因出版著作而收入豐碩，卻因不當的投資而賠了很多錢。幸而克萊門斯的朋友，標準石油公司的執行長亨利．羅傑斯（Henry Rogers）代他解決財務問題，而克萊門斯則藉由巡迴演講旅行償還債務。

克萊門斯於七十二歲時，開始他所謂的「收集」十到十六歲的年輕女孩，作為他的乾女兒，並在一九〇八年開始稱這些女孩為「天使魚」，給她們天使魚別針作為信物。但他女兒克拉拉認為即使父親與這些女孩的關係是清白的，仍舊非常不妥。

克萊門斯的寫作以幽默諷刺著稱，堪稱美國的幽默大師、小說家、作家，亦是著名演說家。他於一九一〇年去世，享年七十五歲。

大師於聖巴托祿茂醫院，一九一四至一九一六年

1

這將是他人生的關鍵考驗。

他將會記得：搭計程車來到聖巴托祿茂醫院，在模糊的驚懼中踏上寬廣的石階，進入即使在這清晨時分就已經擁擠得令人驚訝的大廳。醫護人員、穿著軍服的男人，以及跟他自己一樣顯得茫然的老百姓——「抱歉，能請教您方向嗎？」——但他的紳士姿態不夠強烈，無法引人注意，他有教養的語氣也太遲疑。醫院的工作人員看也不看一眼地走過他身邊。聖巴托祿茂醫院是倫敦一間偉大的醫院，在國家危難時刻盡忠職守，而那緊急激動的氣氛似乎在指責他，一個上了年紀的孤單平民。他深陷閃爍的大眼睛看到了一個最近幾年常見的令人心慌的事實：他是視線範圍內最老的一個人。他缺少任何一種制服，不論是醫護人員，還是軍事人員的制服。雖然他知道不可能，但他仍帶著孩子氣的虛榮，多少期待著會有人在大廳裡等他，或許是那極度熱心親切的義工委員會女主席，他之前向她報上了名字。但他沒有看到任何像是她的女人；放眼望去也沒有任何像亨利自己的人。不知所措，就要驚慌起來之際，他看出這大廳是橢圓形，而一條條走廊像輪輻一樣放射狀延伸出去。牆上貼了標示，他得走近，才能用視力微弱的眼睛看清楚。他注意到地板是大理石，現在雖然已經相當磨損髒污，但過去必定曾經相當輝煌過；上方則是挑高的拱頂，讓大廳有種教堂的感覺。就在他頭頂正上方，是一個巨大的圓頂，透進蒼白陰沉的光線，還困住了幾隻竊竊私語的小鳥。可憐的燕子，被困在這樣的地方！

他看到一個匆忙的腳伕穿過人群，鼓起勇氣拉了一下那個人的袖子，想問幫助傷患的義工該去哪裡報到，但那腳伕像是根本沒聽到地走過去。他問一個腳步匆促的年輕護士，哪裡可以找到艾德華護士長，但是這年輕女人只用幾乎聽不見的聲音隨口喃喃地說了什麼。到目前為止還沒有人稱他「先生」，讓他強烈覺得受到污辱。他還不斷被不耐煩的陌生人推擠，一句道歉也沒有。還有醫護人員，醫院的工作人員，和穿著軍服的男人。似乎有新的病人被送進來接受緊急醫療，是從遭到圍攻的法國前線運回倫敦，剛抵達醫院的士兵們。是不是有種味道——血的味道？還是屍體？人的痛苦？在醫院的其他地方，什麼樣的折磨場景正在上演？亨利擔心自己恐怕會昏倒，畢竟那種場景對他這麼足不出戶的人是那麼陌生。他被別人敬愛地，又或許是嘲諷地，稱為大師，因為他成熟幹練的散文風格中蘊含著恰如其分的文字藝術，駁斥那他認為如拜占庭裝飾風格般複雜的人類內心裡，會有任何單純，也就是原始未發展的部分。但此時，在這喧鬧吵雜的門廳裡，他的呼吸變得急促。他從小就恐懼噪音，近乎恐懼症的程度，恐懼他的思緒會被噪音淹沒而無用，他的靈魂會在噪音中被消滅。因為我們的靈魂就是語言，而單單噪音不足以成為語言。他感到胸口一陣緊縮，心絞痛發作前的刺痛，但他決心不予理會。他堅決地告訴自己，你不准倒下！你來這裡是有目的的。

「先生！」

他的袖子被拉了一下，有點不耐煩地。顯然一個女人剛才在跟他說話，而他在一團噪音混亂中沒有聽到。她是個還算年輕的漂亮中年婦人，穿著類似制服的深色斜紋布洋裝，但沒有像護士那樣戴著漿過的白色護士帽，也沒有穿著橡膠底的護士鞋。她問亨利是不是來「外傷病房」當義工，他很快地答是，便被領著走向其中一條走廊。「真是感謝你發現我！我正覺得很……」他因為終於要展開冒險而心跳加速，即使他敏感的鼻孔聞到越來越強烈的消毒藥水酸味而縮了起來。他跟不太上那個穿著深色斜紋布洋裝的婦人，但對方似乎認為他應該跟得上她急促的腳步，即使他顯然並不年輕，還拄著拐杖來支撐他的左膝蓋。他的兩條腿都為痛風和浮腫所苦。他是個身軀龐大發福的紳士，痛苦審慎地支撐自己，像是害怕會突然滑一跤摔碎的雞蛋人Humpty Dumpty。

「請在這裡等一下，先生。護理長待會就過來。謝謝！」

這間等候室對亨利的自尊是相當大的打擊。臨時湊合的空間只有一扇陰鬱的窗戶，開向一個通風管道，裡面則有十到十二個同樣來當義工的人——全都是女人——緊張地等著。這跟柯藍蕭夫人在倫敦貝爾格瑞維高級住宅區的客廳很不一樣，而大師就是在那裡，與其他人一起，如此興奮地加入了平民醫院義工團。他沒有看到柯藍蕭夫人的聚會裡任何一個人的面孔，但他還是打起精神，準備面對不可避免的情況——您是，詹姆斯先生嗎？真榮幸！我是您的大書迷！——而在沒有人認出他時，他同時覺得有些如釋重負，又有些失望。他禮貌地向這些女人打招呼，但沒有特別對其中任何一人，並立刻看出這些女士是屬於優渥的社會階級，而亨利．詹姆斯就屬於這個階層，至少據說如此。但從她們繁複的衣著和華麗的婚戒看來，他知道她們一定比他有錢。等候室裡所有的直背椅都有人坐了，而當一個較年輕的女士站起來，要把座位讓給亨利時，他馬上謝謝她的好意，喃喃說不需要。

大師的臉因屈辱而顫動。好像才七十一歲的他已經如此虛弱了！他刻意地繼續站在門邊，倚著自己的拐杖。

走廊上，醫院工作人員不斷用擔架抬著病人進入建築裡面，其中有些病人不省人事，甚至可能已經陷入昏迷；或用輪椅，或用有輪子的小床推著病人，形成一列可怕的隊伍，讓人一邊看著，心裡就不由得越來越覺得憐憫和驚慌。到處都有截肢的年輕人，由護士在一旁陪伴，撐著拐杖一跳一跳地走著。有些人還穿著沾了大片血跡的制服，或說殘留的制服破布。到處都是綁著繃帶的頭，裹著鮮血浸溼的紗布的軀體和四肢，還有四肢不見後留下的恐怖開口。亨利別過頭去，不敢再看。所以這就是戰爭！這就是戰爭的後果！他曾經一度很崇拜拿破崙——那戰爭勝利，是的，還有暴政統治——的榮耀。但究竟是為什麼，他覺得羞恥而不敢深思。**因為我軟弱。軟弱的男人會臣服於暴君。軟弱的男人害怕身體的痛楚，他們的人生就是逃避痛苦的戰略。**他感覺到心絞痛的刺痛，像是被一個小男孩嘲笑。

他以前就有過心絞痛發作。他的健康狀況不是太好：他血壓偏高，體重過重，很容易疲倦。他的外套內袋裡放了一小包珍貴的硝化甘油藥片，萬一絞痛增強，就得趕快吞下。

亨利謹慎地從門口旁邊退開。一個女人不知道從哪裡找來一把粗糙的小凳子，他心懷感激地同意接受，同時希望自己不去注意她眼裡隱藏的憂慮，那種你會為年老的親人感到的憂慮。亨利笨拙地坐在小凳子上，抓著拐杖。他幾乎忘記自己為什麼會待在這狹窄的地方，也忘記了自己跟這些不認識的女士究竟在等誰。他沒有加入她們焦慮的低聲閒聊，抱怨被醫院人員粗魯對待，和哀嘆德軍進攻的最新消息，包括德意志帝國軍隊在比利時的更多殘暴行徑，更擔憂英格蘭會是下一個被侵略的地方。報紙上大幅報導在這新世紀所爆發的地獄般的戰爭裡，有為數眾多的平民被刻意殺害。那天早上早餐時，亨利看《倫敦時報》看到一半就看不下去，只能把報紙放到一旁。之後，他仍覺得太過虛弱而吃不完早餐。自從戰爭在八月底爆發，至今將近五個星期以來，他養成了看六份報紙的習慣，對那些恐怖的新聞又恐懼又饑渴。他把自己質地細緻的散文擱置一旁，轉而著迷於那聳動的標題、跟以前英國報章雜誌刊登的照片大不相同的驚人照片、描寫得歷歷在目的戰場景象、還有敘述詳盡的英國將士的英勇行徑，和悲慘的傷亡情形，完全勝過內頁理性分析政治情勢的評論文章。他的神經赤裸而受傷。他睡得斷斷續續。他不想去想，從這新的戰時觀點來看，大師的所有作品可能只是某個文明開出的優雅花朵，但這文明的內在早就不斷腐爛，現在已經瀕臨滅絕。他心想，*我活太久了*。但是他加入了醫院義工團。他捐錢：捐給有錢的女性朋友們組織的比利時難民救助基金，捐給國際紅十字會，捐給美國義務野戰醫院團。自從貪得無厭的德國侵略者引爆這場可怖的戰爭以來，亨利就輕率地胡亂捐錢，幾乎要超出他所能負擔的程度。他一九一三年的收入，如一九一二年和之前的幾年一樣，都才勉強超過一千鎊。

被廣大而平庸的讀者如此輕蔑，卻又如此諷刺地，在文學圈裡被尊稱為大師！雖然亨利覺得心碎，但他決心看出其中的幽默。

「女士們，請跟我到六號病房。」一個顯露著權威，大約四十五歲，相當矮胖，雙頰發紅的護士，突然出現在門口：艾德華護理長。艾德華護理長看到等候室裡有單獨一位紳士，於是改口，但口氣有些不耐而非抱歉：「還有你，先生。走吧。」

亨利再一次感到強烈的污辱。一位女士幫忙拉著他站起來時，他大而陰鬱的臉因困窘而暗了下來。

艾德華護理長不再說任何客套話，直接帶著這一隊義工走過錯綜複雜的走廊，幾乎根本不注意他們是否跟得上她的腳步。護理長是個健壯結實的女人，有種軍人的氣勢。她穿著漿得筆挺的白色上衣，白色的圍裙，和深藍色幾乎長到腳踝的裙子，腳上則是白色橡膠底鞋子。她的灰髮緊緊綁成一個髮髻，頭上戴著漿挺的白帽。她態度唐突直接，完全沒有她這個階級的女人面對比她上層階級的人時，應該會有的和善或順從，因為艾德華護士似乎並不認為義工的社會階級比她高，這點很教人不安。走在搖擺隊伍後方的亨利對於任何這樣破壞社會禮儀的行為，都感到很不自在。這情況出現在他擔任義工的第一天早上，不是一個好徵兆。醫院的擁擠讓他驚慌，還有那些氣味！——他不敢去分辨那是什麼。

更令人沮喪的是，在這樣惡臭的氣味中，還有護士助理推著裝滿食物盤的推車走過，發出燻肉、油脂，和烘烤甜食的味道。

六號病房呈現的第一印象，是宛如全然由噪音構成的蜂巢：大廳一般的廣大開敞空間，擠滿了像行軍床的病床，彼此緊靠在一起，難以想像醫護人員如何穿梭其中。義工被告知，他們的職責，至少一開始，只有「安慰」、「探望」能夠與人溝通的傷者。會說法語的人被鼓勵去尋找說法語的比利時人。義工不得提供任何醫療的建議或看法，一律必須轉給醫護人員處理。義工只能提供安慰，不得表現出驚慌、恐懼、憐憫，或厭惡。在隊伍的最後頭，如此尷尬凸顯的，穿著平民衣服的，是一個倚著拐杖的年長紳士義工，宛如雕刻肖像般大而高貴的頭抬得高高的——即使他其實正在拚命抵抗作嘔的感覺。六號病房裡的氣味恐怖而令人噁心：腥臭的動物氣味、身體的排泄物、血肉腐爛的強烈惡臭：壞疽？然而亨利還是被帶著去——去哪裡？他們要他怎樣？他怎麼會像在一個嘲笑他的夢境裡，從柯藍蕭夫人的客廳踏進了這個地獄般的地方？

在其中一張沾了許多污漬的狹窄床上，一個看起來頂多十八歲的年輕人動也不動地躺在單薄的棉被下。他的頭用紗布裹著，眼睛也像木乃伊似的被綁住——如果他還有眼睛的話。在原來應該有張嘴或有個下顎的地方，一個破爛染著紅色的洞裡，一個護士正艱難地插入一根管子，讓那個受傷的男人可以進食。亨利恐慌地別過眼去。就在他旁邊的一張床上，另一個年輕人正痛苦地狂叫，他的五官發熱而膨脹，右腿已經不見。四周都是痛苦和恐懼的哭喊、呻吟、驚恐瘋狂的眼睛。亨利蹣跚向前，被領進病房更深處。這是什麼——

蒼蠅掃過他的臉？頭頂褪色的天花板上，一群群蒼蠅閃閃發亮。很大的聲音傳來，權威的男性聲音。亨利很感激地看到現場至少有兩個醫生，但他不敢接近他們。他又絆了一次，他被領向前，可能是要去看一個比利時士兵，但他卻只能分心地看到在一團糾結的床單下露出的，像是變形的男性軀幹，以及彷彿牛肋般皮開肉綻的溼潤肉體，以及這年輕人裹著紗布的頭，彷彿脖子折斷一般，躺成很不自然的角度。有人在叫他先生？亨利露出關切的樣子轉頭去看是誰在叫他，有什麼事，就在同一刻看到走道的一輛推車上，在一個陶瓷便盆或類似的容器裡，裝著血淋淋的人的嘔吐物，其中還有白色的米粒在扭動——還是蛆？其中一個受傷的年輕人身上長了——蛆？亨利蹣跚地向前，臉上的皮膚緊繃冰冷，嘴唇繃成一個茫然的淺笑，完全不同於大師在公開場合中冷淡鎮定的微笑。一個護士正領他走向一個看來飽受蹂躪，淡藍色眼珠一片空茫的年輕人的床前。他隱約察覺到其他義工不像他這麼飽受震撼，但他抗議地心想，**她們是女人啊，她們早就習慣了人體的恐怖**。亨利的視力急速變窄，突然間像是透過黑暗的隧道艱難地往外凝視。在那眼神空茫的年輕人的床邊，他開始用法文口吃地說：「抱歉，打擾你，我是——」但是一個黑洞突然在他腳下裂開，他掉了進去，消失不見。

2

難以形容。非羞愧足以形容。宛如一個文明崩塌了。

聖巴托祿茂醫院那可恥的一天，他將在日記本上畫一個黑色的十字架做記號：十

散佈在日記中，自從大戰爆發後更為密集的，就是這些神祕的，用黑色墨水畫的十字架。這些密碼標示著，絕望的日子：十十十十十十

稀少的快樂日子，這位日記作者則用小小的紅色墨水十字架標示：十

他必須發明一個密碼，以便保密，讓大師大部分充滿激情的生活都是隱密的，地下的。絕不能讓傳記作家挖掘到他的靈魂深處，他發誓。

「除非那終究是個淺薄的靈魂，而且會隨著年紀而更加淺薄。」

他對自己多麼失望！當大師面臨考驗時，表現得多糟啊！

帶著可能會發現什麼的恐懼，亨利翻閱先前的日記。好幾頁上有密碼似的黑色十字架。紅色十字架則不那麼常出現。最近一個紅色十字架似乎是好幾個月前了，六月的時候：朋友們開著汽車到萊耶鎮的「羔羊之屋」，來跟亨利共進午餐。在此之後就只有沒有做記號的日子，和黑色記號的日子。

那個老紳士昏倒了。趕快幫他急救，把他弄出去。

他們設法讓亨利站了起來。身材壯碩的男性助理。他被半架著離開病房，來到醫院門口，然後用計程車送回家，到位於河邊的那棟褐石建築。這天早上稍早時，他才從這裡滿懷期盼地勇敢出門。

之後好幾天，當獨自一人時，亨利一直聽到那護理長提高的聲音，其中的口氣更像是惱怒，而非憂慮，甚至驚慌。如果這老義工死了，這個被訓練為護士，而且顯然是優秀護士的可怕女人，應該也不會太在意，只要他不死在她的病房裡。

那個老紳士。把他弄出去！快！

從大師筆下爆發出來的，潦草塗寫在筆記本上的，不過是動物赤裸的痛苦咆哮。

野蠻的事／野蠻
施加於手無寸鐵的平民、孩童和老弱的暴行
腐爛／壞疽／歷史的光榮
私密的傷口，羞辱：被拔出的牙齒
心絞痛／黃疸／帶狀皰疹／食物厭惡
偏頭痛／萎靡不振

文明的崩解／病痛至死
世界如赤裸感染的傷口
世界如大出血的傷口
聖巴托祿茂醫院六號病房：地獄的接待室
該死的整口假牙不合／太閃亮／太昂貴
《紐約版全集》1的失敗
可悲的版稅，在四十年的事業生涯後
德意志帝國軍隊：步步進逼的貪婪螞蟻大軍
深沉的空虛與憂鬱
「不要醒來——不要醒來」：我的祈禱
「別過臉，別見到那恐怖至極的場景」

但是當那恐怖至極的場景從四面八方將他包圍，像不斷上漲的污水，他如何能別過臉去！

大師早年生命裡的一個祕密：一八六一年，當他是個十八歲的男孩子，跟家人住在羅德島的新堡時，男人與男孩都在越來越升高的戰爭氣氛中，迫不及待地加入北方聯軍，去對抗反叛的南方聯盟，但亨利卻宣稱自己的背部有種「莫名的疼痛」，一種「難以抵禦的疼痛」，因此無法從軍。

於是亨利得以逃過更進一步的身體傷害，甚至是受傷的可能。這麼敏感的年輕人！——他父母都同樣認定，他是這麼明顯地不適合「陽剛」的事，像軍隊，或婚姻。他甚至避免了被指控懦弱，裝病。

但事實如此。他確實是懦弱，裝病。七十一歲時，十八歲時，都一樣。他躲藏起來，逃避戰爭恐怖巨大的危險，而在此同時，他這一代的其他人卻上了戰場去保衛聯邦，終結奴隸制度。有些人戰死沙場，有些人殘廢跛腳地回到家鄉。有些人沒有明顯外傷地回來，卻從頭到腳改變了，變得成熟而成為「男人」。亨利則躲了起來，而且之後很快地，就旅行到歐洲，開啟他的命運。

在他倫敦公寓的凸窗旁，變得微弱的秋天陽光中，他執迷地想著這些事。他僵硬地坐在一張皮長椅上，擺出寫作的姿勢，手上拿著筆，膝上放著一本筆記本，沉思的眼睛望向不遠的河流，河上的拖船與駁船在這戰爭時期比以往都更緊急地駛過。他右手緊抓著筆，但寫不出來。他無法專注。思緒亂七八糟地閃過心裡，有如無雷聲的閃電。為什麼那個女護理長剛見到他就這麼討厭他？為什麼是對他？從衣著和儀態來看，他都是個紳士，而艾德華護理長則絕對不屬於英國的上流階級，他可以了解。但是那女人的敵意似乎是針對他個人的。對她的厭惡和恐懼，讓他心跳加速，彷彿她就在旁邊，跟他一起在這房間裡。

那個老紳士。把他弄出去！

亨利每次一聽到這聲音，就聽得更清楚：那聲音裡的幸災樂禍，敵意的滿足。

「她擊敗了『大師』。我無能為力——是吧？」

亨利不是會喝酒的人。不是會獨飲的人。但是此刻身處這一九一四年的地獄季節裡，報紙上的新聞越來越令人沮喪，加上這個羞恥啃噬著他的五臟六腑，為了安定自己撕得粉碎的神經，也為了讓自己能入睡，亨利很刻意地幫自己倒了一杯葡萄牙馬德拉波特酒，一邊沉思一邊啜飲。就在波特酒開始溫暖他的血管時，他一直壓抑得很深的一段記憶浮現出來：好幾年前，他剛在英格蘭南部的萊耶鎮買下「羔羊之屋」，希望能過著在倫敦似乎不可能的，比較專注而節儉的單身作家生活。有一個夏天晚上，他被某種動物恐怖的哀鳴聲吵得睡不著，而升起他平常幾乎不曾有的怒火，跑到門外，找到那隻動物，一隻貓，一隻黑白斑點的大貓，一開始先誘騙地對貓輕聲細語，贏得牠的信任，接著令他自己都感到震驚的，用他的短棒朝那隻貓一棒打下去，用力之大，那可憐的傢伙立刻頭顱破裂，當場死亡。

接著，亨利馬上退後一步，嘔吐起來。

但是當波特酒溫暖地穿過他的血管，讓他回憶起這件事時，他卻有相當不同的感覺：驚訝的感覺超過驚恐，還有一絲亢奮。

3

「真沒想到，先生。你回來了。」

那聲音平板而不歡迎。那瞪視的礦物般的眼睛，和那緊繃的鬥牛犬下顎都顯示艾德華護理長恨不得能禁止他進入六號病房。但是一個護理人員，不管職位多高，當然都沒有這樣的權限。由於義工計畫在這人手不足的醫院證實很受到歡迎，因此這次被認出是「詹姆斯先生」的亨利是由醫院的一位資深醫師，也是柯藍蕭夫人的一位親近朋友，護送到病房。

亨利喃喃地說，是，他回來了：「我很希望自己能有點用處。我年紀太大，不可能去入伍當兵了。」

在這位醫生，聖巴托祿茂醫院的主管之一的羽翼之下，亨利知道女護理長動不了他。

他不會挑戰這女人的權威，只會避開她，因為艾德華護士是最難相處的那種女人：無法被討好的那種女人。一個比較年輕而友善的護士被指派來監督今天早上的義工，而正帶領亨利向前，把他介紹給沒有傷得太慘，或陷入錯亂狀態，而他們不鼓勵義工接近的病人。亨利鬆了口氣，因為六號病房似乎沒有像幾天前那麼混亂，即使氣味還是一樣令人不適，而好幾張病床旁都豎立起不透明的白色簾幕，隱藏裡面在進行的事，一幅不祥的景象。

這一次，亨利為到聖巴托祿茂醫院做了更好的準備：他想到了帶來一只籃子，裡面裝了柔軟好咀嚼的水果和巧克力、小罐的果汁、字謎遊戲，和但尼生、白朗寧、郝斯曼[2]的輕薄詩集（他考慮過帶華特・惠特曼比較通俗但也較有爭議的詩來[3]，但還是決定作罷，因為他不太確定自己是否完全讚許這個「野蠻」的美國詩人）。亨利對他的第一位病人打招呼。他是個臉色陰沉的年輕人，坐在狹窄的帆布床上，僵硬地靠著看來髒污的枕頭。亨利試著不被年輕人蒙上深深陰影的眼睛和憔悴的臉孔分心，而像其他的女性義工一樣，用興高采烈的口氣說話。

「哈囉！希望我沒有打擾……」

因不滿或痛苦而愁眉苦臉的年輕人抬起眼睛，看著這像笨重猛禽一般俯身在他病床上方的紳士義工。但他的眼神停在紳士背心最上方那顆閃亮的鈕釦上，彷彿再往上看對他而言太費力了。他薄薄的嘴唇抽動，露出一個機械式的微笑，模仿年輕人面對他們沒有任何感情的老年人時，該有的禮貌行為。亨利得知這年輕人是被霰彈碎片所傷，但乍看之下，他看不出年輕人的傷口在哪裡。他只是很慶幸，他似乎沒有頭部的傷，也沒有少了隻眼睛，不像他的許多同袍。亨利問年輕人叫什麼名字？——而在無精打采的咕噥中聽到類似「休夫」的名字。亨利問年輕人老家在哪裡？——而得到聽來像是「曼徹斯特」的地名。對這回答，亨利想不出什麼回應。他無意識地一隻手壓在自己的胸口，彷彿要穩住那像醉漢般跳動搖晃的心臟。

其他對休夫背景的詢問，例如他在軍中的職位，都得到同樣形式的回答，簡短，相當陰沉，也伴隨著同樣固定的假笑，同時那充血的眼神也定住不動，始終沒有往上移動到亨利的臉。亨利好想懇求：**孩子，請你看著我，看著我的眼睛！我有多渴望，渴望給你安慰。**大師摸索著，像是很習慣這麼說似地，說道：「那麼，休夫，你是在法國哪裡與敵軍『交火』的？」年輕人突然表情僵硬，開始肩膀顫抖，彷彿覺得很冷。

亨利不小心說錯了話，是嗎？但是在這種情形下，還能說什麼別的呢？可是休夫現在顯然想說話了。他用沙啞痛苦的聲音告訴亨利一個不太連貫的故事，他自己和他那個小隊其他幾個士兵，在法國北部亞米恩發生的事。似乎有一個人在那裡身亡，休夫也在那裡受傷，而他記得的最後一件事是震耳欲聾的爆炸聲。後來他被告知，超過兩千片砲彈碎片刺進了他的腿和下半身。他差點死於血液中毒，「敗血症」。現在亨利發現了年輕人在單薄毯子下的雙腿似乎並不正常，肌肉顯得疲乏萎縮。而且休夫說話速度如此之慢，臉上表情又如此扭曲，讓亨利不由得懷疑他是否也有腦部損傷，或因為這痛苦經歷而變得心理不平衡。此刻休夫的眼睛已經牢牢盯著他的眼睛，流露出再明確不過的悲傷與憤怒。他努力不哭出來，但眼淚沿著他的臉頰滑落。亨利不自覺地，笨拙地握住年輕人顫抖得厲害的手。那手指冰冷，卻緊抓著亨利的手指。「親愛的孩子，你要勇敢。你現在安全了，你在英國的土地上，你會得到這醫院裡最好的治療，然後被送回你家人身邊，回到你家鄉……」這些像是政客微笑的嘴中說出的話，卻是從大師口中說出的。他完全不曉得這些話是打哪來的，也不曉得這些話有沒有可能是真的。他深受震撼，因為這是他有生以來第一次，主動用這樣的方式伸手碰觸另一個人，而對方還是個受傷的年輕人，一個陌生人。

「你會好起來的！你一定可以再走路！我相信！」

若不是在病房另一端的艾德華護理長的警戒眼神，亨利就要在這年輕人的床邊跪下來了。

同樣那一天，在六號病房裡，大師以高尚尊嚴的儀態，帶著嚴肅的微笑，一邊小心隱藏著亢奮而心跳加速地，從一張病床走到另一張病床，探望了名叫羅夫、威廉、奈傑，和威斯頓的年輕受傷士兵。他們分別來自新堡、雅茅斯、利物浦和馬蓋特。他唸撫慰人的詩句給他們聽（最美麗的樹，櫻桃樹／沿著枝頭懸滿櫻花[4]），從籃子裡拿出禮物給他們，像個慈祥的爺爺。他好累，好像一天一夜沒睡，或旅行了很長的路途。他還沒有習慣看到這麼多受傷失能的年輕人帶來的震驚，或者是看到他們穿著病人袍躺在床上，這樣奇異而令人不安的親近感。他也還沒習慣那些蒼蠅，腳底下的蟑螂，和排泄物、肉體壞疽的氣味。他自責地想到在他和朋友所寫的文學作品裡，根本沒有這類事物的名字；在大師所有備受讚譽的小說中，也沒有任何一個人，不論男女，擁有真正的肉體，更不用說是發出臭味的肉體。

亨利離開六號病房時，用一條手帕壓著鼻子，設法避開了好幾個也正要離開的義工，因為他迫不及待地想跟自己的思緒獨處。女士們熱心但陳腐的閒聊，在六號病房之後，會教人難以忍受。

大師搭計程車回家。他蹣跚走上褐石建築的石階，往凸窗旁的皮躺椅重重坐下。他多麼筋疲力竭，但是——又多麼興高采烈！那天晚上，他在日記上寫道：彷彿我的皮膚全被剝開，所有的神經都暴露出來。他在這天記上一個紅色十字架，好幾個月以來的第一個。

而在這小小的十字架旁，則是一個謎般的縮寫H。

快速流逝的一九一四年裡，連續好幾個星期，好幾個月，聖巴托祿茂醫院最老的義工一直像是著了魔。每一次走進喧囂混亂的六號病房，對他而言都是啟示，也是驚嚇。這麼多受傷的人！殘廢的人！這樣的痛苦、哀傷！這樣苦難的場景在大師眼中，都像是對他的責難，譴責他精雕細琢裝飾華麗、全世界為之讚美的藝術。他半覺羞愧地想：這才是真實世界——是吧？

他沒有再見到休夫。

休夫，你。他或許會把他（年邁多病）的心，獻給他。

在第一次探望病人之後隔天走進六號病房時，他心臟狂跳地看見地獄般的景象：一道白色簾幕圍住了那個年輕士兵的床，遮住了裡面進行的事。亨利在半路上停住。亨利無法再靠近。

「先生，你不能對這些年輕人產生感情。你很快就會知道為什麼。」眼神銳利的艾德華護理長注意到了亨利臉上的表情。她的口氣嚴厲，但也含著一絲同情。

亨利含糊地回應。事實上，他想不出任何回答。

如果不能是休夫，那麼還有羅夫、威廉、奈傑，和威斯頓。從前線送來的新的傷者，痛到頭昏目眩、失去手臂、雙腿、眼睛，紅髮的艾利斯特，和藍眼睛的奧利佛，亨利會為他們和其他的人唸詩，唸報紙。多年來已經習慣口述給速記員抄寫以減輕右手書寫痙攣症的他，現在卻很樂意「幫人聽寫」，盡可能以最清晰最優雅的字跡，寫信給士兵的家人。寫這樣的信，經常是在情感上非常痛苦的經驗，口述的年輕人和年邁的速記員，都會激動落淚。在結尾的地方，如果這年輕人看不到而無法簽名，或無法自己拿筆，亨利就會抓住年輕人的手，幫忙他簽名。

他自己買郵票，他親自寄信。他每天帶來相同的禮物，在病房裡分發。他帶來冒險小說：華特·史考特爵士[5]、布萊克摩爾[6]、威克·柯林斯[7]。（因為他很快就發現，這些年輕人，即使是當中比較聰明的，也不太可能想要辛苦地閱讀大師極度細膩的文字，那些文章的內容充滿分析，行進緩慢，專注於描寫生活優渥而連一巴掌這樣輕微的暴力都沒承受過的男女，彼此之間虛無縹緲的關係。）他相當輕率地花錢去買一些衣物，例如內衣、襪子、浴袍，甚至是枕頭套和床單、溫暖的披肩、毯子、拖鞋、鞋子。雖然他有時會因用力過度而心臟狂跳，但他還是幫忙年輕人從床上起來，攙扶他們扶著拐杖，或坐到輪椅上。

他這個義工總是熱切地想推坐輪椅的病人到建築後方，可以俯瞰醫院庭院的日光室。在晴朗的日子，他會推他們到戶外，精緻美麗的梧桐樹蔭覆蓋的碎石小徑，雖然這工作相當費力，經常讓他上氣不接下氣。

如果他因此而死，或許在一個年輕人的懷裡！——那麼這樣的死也不算太悲慘了。

在一九一四年到一九一五年的冬天，日記本上佈滿了紅色墨水的十字架，旁邊則是這類縮寫，如A.、T.、W.、N.、B.。

「我的祕密！我的快樂，絕不能讓任何人知道。」

因為他覺得，在他血液的騷動中，這些快樂隱含了某種罪惡的，甚至是低俗而貶損的事物。

此時，他用忍不住震顫的聲音，以豐富的語調，對受傷的年輕人們唸著他偉大的同胞華特．惠特曼令人激動的，別有暗示的詩句：

照吧！照吧！照吧！

偉大的太陽，灑下你的溫暖！
當我們沐浴其中，我們合而為一。

而這些催眠般的字句與他自己被喚醒的血液，一同跳動。

喔，我親近的同志！終於你我在一起，且只有我倆。
喔，一個字，清空了眼前無止盡的道路！
喔，狂喜而無可言喻的某種事物！喔，狂野的音樂！
喔，此刻我勝利了——你也是；
喔，手牽著手——喔，健康的愉悅——喔，又多了一個渴望與愛的人！
喔，不再停駐，快快向前——與我一起快快向前。

他在日記上寫下企盼的乞求：如果可以是——「同志」，誰會想當大師？

他用輪椅推著其中一個年輕人穿過聖巴托祿茂醫院擁擠的走廊時，可能會突然大膽地坦露心事：「你知道嗎，我想我死了以後，我的鬼魂一定會在這裡留戀不去！即使是大戰結束很久以後，你們所有人都退伍之後，我憂鬱的身影還會繼續在這裡徘徊——變成一個『鬼魂愛人』。」

鬼魂愛人。真是大膽。這是冒很大的險。但是醫院裡充斥著喧囂的噪音，而不論他剛好推著哪個年輕人，他都陷在自己擾人的夢中，因身體的不適而愁眉苦臉，絕不會不嫌麻煩地請這位年邁的義工重複一遍他說的奇怪話語。

「喔！怎麼會……」

亨利迅速放下手中的《草葉集》，彎身去看輪椅中倒下的年輕人。年輕人突然開始渾身發抖抽搐，讓亨利在這可怕的一刻想不起他叫什麼名字。他痛苦的嘴裡湧出鮮血，沿著下巴流到胸口。亨利在驚慌中笨拙地用顫抖的手指，從口袋裡掏出並打開繡著他姓名縮寫的、潔白無瑕的亞麻布手帕，想要抹去那不斷湧出的恐怖鮮血。

「……孩子，發生什麼事了，喔，上帝啊，別讓他……」

警鈴響起，醫院人員介入。倒下的病人被推走去進行緊急治療，而這個顯得有些心神狂亂的年老義工，則被送回家去。

……必須為美好的生命，創造我們自己的反現實。8

在他位於安靜的街上，與世隔絕的倫敦公寓裡，在他私密的臥室裡，大師虔敬地打開那條亞麻布手帕，長久地凝視著那溼潤的、猩紅色的、在他看來互相對稱有如星形的血漬。「親愛的孩子！我祈禱上帝與你在一起。」即使大師不是個信仰虔誠的人，也沒有習慣這樣自言自語地禱告，即使是私底下。他親吻那血紅色的污漬。他仔細將攤開的手帕放在窗台上晾乾。而在手帕乾了之後，當天晚上，睡覺之前，他再度溫柔地親吻這血漬，然後將仍舊攤開的手帕放在他沉重的鵝毛枕頭下，接著數晚都是如此。他並會記著每天早上將手帕拿出來藏好，以免他的管家艾克斯肯太太發現，而驚恐地以為大師在半夜咳出血來。

在這樣百感交集的陰鬱日子裡，亨利會用任何傳記作家都無法破解的美麗密碼，畫下黑色和紅色的十字架：＋＋＋＋＋

「先生，我想你一定受到很大驚嚇。」

樣子令人畏懼的艾德華護理長站在門口，擋住了進入六號病房的通路。她冷靜地站著，強壯結實的手臂交叉在她看似堅硬的龐大胸部前。她一塵不染雪白而漿挺的護士帽、她一塵不染雪白漿挺的上衣和白圍裙，還有在她寬闊臀部旁往外開展，並垂到接近腳踝處的深藍裙子，讓她像個刻苦耐勞又任性倔強的羅馬天主教修女。艾德華護士的口氣看似同情，但她扭曲的嘴唇顯得諷刺，她很接近的雙眼則瞪著他，充滿了指控。

「驚嚇？可是——」

「我聽說了，昨天，在這裡，突然的大出血。你——想幫忙。你是我們最熱心的義工，是吧？我們真的很謝謝你，非常感激。」護理長仍以諷刺和指控的眼神瞪著大師，激怒了他，但他只能吐出結結巴巴、畏畏縮縮的回答，卻被艾德華護士一邊轉身，讓他通過時，簡短的話打斷：

「先生，這樣的驚嚇從臉上看得出來。小心一點。」

她知道！她可以看進我的心。這女人是我的敵人：天敵。我怎麼可能戰勝憐憫我的，天敵！

確實如此，亨利的眼睛出現了一種不自然的光彩，而在他滿佈皺紋肌肉鬆弛的臉頰上，也出現一種紅潤的光澤，彷彿剛被摑了巴掌。就像鴉片一樣，聖巴托祿茂醫院的魔力已經竄進了他的血液裡。

「不會是我！我是最不可能『上癮』的！」

大師對於別人的軟弱是多麼難以苟同：酗酒、暴食、抽菸、足以致命的苦艾酒，還有更足以致命的鴉片（化身成「鴉片酊」，藉由上流社會的偽裝，被許多追求時髦的女性所愛）；最嚴重的是，與可疑地位或群體的人之間非法輕率、有失身分的來往。（事實上大師毫不同情比他年輕的當代同儕王爾德「污穢的悲劇」。王爾德因為與年輕男人「違反自然的行為」而喧騰一時的審判，在一八九〇年代吸引了全倫敦的注意。而大師當時嚴肅地拒絕簽署改善王爾德在獄中悲慘處境的請願書。）然而在脫離聖巴托祿茂醫院熾熱的氣氛時，亨利不得不承認他確實——在某種程度上——上癮了，對六號病房裡那些經常是截肢而殘障的年輕傷兵們。不論醒著或睡著，他們的臉都縈繞在他腦海裡。不論在他們面前，或單獨在他倫敦的公寓裡，那感覺都一樣強烈。他們年輕的肉體看來多麼純潔！他們多麼像男孩子，多麼像還沒長大的孩子，恐懼自己身上發生了什麼事，恐懼自己年輕的身體會有什麼恐怖而或許無法挽回的改變，但同時又如此令人心痛地，還滿懷著希望。亨利跟他們的關係鮮少超出正式拘謹的範圍，因為他不敢長久地碰觸他們。即使在協助護士時，他會幫忙餵食無法自己進食的病人，他也小心不靠得太近，或看得太熱切，流露出渴盼的眼神。只有在自己私密的臥室裡，這老邁的義工才會大聲地自言自語：「我親愛的孩子們，我願意為你們而死！真希望我能——想辦法——代替你們受苦。我願意把我這衰老的腿，給失去雙腿的你們！我的呼吸、我的心臟、我的鮮血。如果我能用我的生命充滿你們，讓你們再度完整健康，親愛的孩子啊，**我真的願意**。」

這樣的呼喊讓他喘不過氣，讓他像是喝了酒似地頭重腳輕。他在臥室裡來回踱步，雙手握拳輕敲，喃喃自語，臉頰泛紅，眼睛發光，喉嚨處的襯衫領子被拉開，讓他可以比較輕鬆地呼吸。

在這間臥室裡，在一個上了鎖的，艾克斯肯太太沒有鑰匙的壁櫥裡，亨利祕密地設置了一個祭壇。亨利在一個有美麗雕刻的桃花心木盒子上立了兩根還願的蠟燭，照亮他決定稱為「神聖紀念物」的東西，其中到目前為止，包括繡了縮寫字母HJJ、因為血跡乾涸而變硬的手帕；幾條沾了血甚至還沾了些黏液的醫療繃帶；幾束頭髮、一個圖章戒指、一只襪子、幾張照片（微笑的穿著制服的年輕人，在他們被送上船趕赴戰場前比較快樂的時候拍的）；甚至還有一個退役的士兵留下來的一串閃亮黑色念珠。亨利知道，從醫院裡竊取這類東西並不謹慎，用這種方式收集這些東西並不謹慎，或者在極度的亢奮心情中，跪在燭光照耀的這暫時湊合的祭壇前，以禱告的姿勢跪著，雙手緊握，都不是謹慎的行為。大師並不相信禱告，就像大師並不相信上帝。但是他的嘴唇喃喃唸著昏眩的禱告：「親愛的孩子們！我的愛！你們活在我體內。我活在你們體內。但是沒有人可以知道你們的存在。連你們也不行。」

藝術是長久的，其他的都是偶然而不重要的。

大師對一位知名的相熟文人，一個跟他一樣的年長名人，這樣寫道。他微笑地想到，未來數十年後，傳記作家在崇敬膜拜他的才華時，會如獲至寶地緊抓著這樣的字句，因這發現而聲聲驚呼。

4

「我的血壞了。跟我的靈魂一樣。」

他叫史考德，直截了當的姓氏。如果有人叫他的名字亞瑟，他就會嫌惡地皺眉。

史考德是個截肢傷患，六號病房的新病人。你可以看得出他曾有張男孩子的臉，但現在臉上遍佈疤痕、結痂和皺紋，皮膚也蒼白得帶點綠色。史考德頭部受傷，頭髮剃得很短，頭皮上佈滿橫七豎八的傷痕。儘管遭遇悲慘，史考德仍有種權威的氣息，因此年邁的紳士義工讀給他聽的是《倫敦時報》和曼徹斯特的《衛報》，以及比較不那麼多愁善感的詩人的作品，也給他數學謎題書跟甘草糖，並在天氣還算好時，推著他到這龐大醫院後方的碎石小徑上，並希望表示敬意地叫他「史考德中尉」。

因為史考德是個軍官，或曾經是。但現在史考德冷笑：「這裡就不用了。不要再叫『中尉』。史考德就可以了。」

史考德斷然拒絕了其他義工。史考德對醫院人員不屑一顧而且相當無禮，甚至對六號病房的醫生和艾德華護理長都是如此，因此如果史考德對他口氣輕蔑，亨利也不會認為是針對他。

「史考德。」亨利像是在品嚐這名字似地唸著：如此不尋常的直截了當。他的鴉片，聖巴托祿茂醫院！男人肉體的氣味，如此擁擠的親密。身體的汗水、排泄物、像有毒氣體的脹氣屁味。陶瓷便盆、沾了糞便的床單。髒污的枕頭套上，如線頭的細小黑點：臭蟲。而在這一切當中，如此讓人驚訝的許多人，像史考德，來自諾威治[9]。

在大師的所有散文當中，沒有一個人叫史考德。來自諾威治。

亨利心絞痛的心臟猛烈跳動。亨利大而不穩的手壓著背心前襟，喘著氣。

史考德沉重地呼吸，有時候很費力。但是史考德很敏銳。他坦白不客氣地盯著亨利：

「你呢？你叫什麼名字？」

「怎麼，我以為我告訴過你了——『亨利』。」

「『亨利』是你受洗的時候別人給你的名字。告訴我，你血液裡流的，是什麼名字：你的姓氏。」

亨利坐在病房裡一個蒼蠅嗡嗡作響、氣味難聞的角落，史考德的病床旁，結結巴巴地說：「我的——姓——姓氏？這實在不重要。我不是傷患。」

史考德不耐煩地說：「我在乎的，關於我自己的事，不是我是『傷患』。『傷患』只是發生在我身上的一件該死的蠢事，同樣的事也發生在很多人身上。我的身分不是該死的『傷患』，而我也決心不會一直當個『傷患』。」

史考德的口音顯示中產階級的出身：父親是個商人？屠夫？不是公立學校的背景，而是軍校。

「當然！我了解……」

他覺得自己因為困窘而臉上發燙。老年人對年輕人的自以為是，是最令人不悅的。他絕對無意污辱這個坦率直言的年輕軍官，也想不出來到底該怎麼道歉，才不會再度失言。

「那麼，到底是什麼？亨利？」

這是亨利在聖巴托祿茂醫院當義工好幾個月以來，第一次有六號病房的年輕人問他姓氏，也是第一次一個躺在病榻上的年輕人這樣刻意面對他，看著他的臉，似乎真的看到他。

啊，那對眼睛的力量！佈滿血絲的眼睛，嘲弄揶揄的眼睛，深陷在眼窩裡，但溼潤而閃耀著生命的眼睛。亨利怯怯地說：「『詹姆斯』，我姓——『詹姆斯』。」

史考德用一隻手包住他受傷的耳朵，表示亨利得說大聲點。

「我姓——『詹姆斯』。」

終於說出口了。亨利被一股奇特狂野的羞怯籠罩。深刻的紅潮在他臉上升起，那不只一次被形容為有如雕刻般莊嚴不朽的臉孔，他的雙頰也熱得發燙。

「『詹姆斯』。亨利．詹姆斯。有點耳熟，嗯？你是在——新聞界？」

「不是。」

「政治界？」

「絕對不是。」

「不是議員？下議院的？」

「不是！」亨利笑起來，彷彿有粗糙的手指在搔他癢。

「無論如何一定是個退休的紳士。真好樣的，這把年紀還在這狗屎坑晃蕩。」

亨利抗議：「聖巴托祿茂醫院不是狗屎坑——對我而言。」

「那麼是什麼？天堂嗎？」

亨利嚴肅地搖搖頭，不。他不願反駁這個好辯的年輕人。雖然當史考德笑著，尖刻的笑聲最後演變成一陣久久不停的支氣管炎咳嗽時，他心想著：**這是天堂，上帝讓我死前先進入的天堂**。

亨利這天的日記裡，記了不只一個，而是兩個紅墨水的十字架，旁邊寫著縮寫S。而在祭壇上，則多了一條乾硬的、沾了黏液和血跡的、那中尉對著咳嗽的紗布。

「你真是魯莽，親愛的亨利！當然我指的是對你自己的健康。」

他的朋友斥責地說。她用銳利的眼神看著他，這年邁的單身漢文人長久以來，一直是她位於倫敦貝爾格瑞維高級住宅區的家裡，和她在南部蘇利郡鄉下別墅的某種裝飾品，但他從去年秋天開始，卻如此神祕，又如此惱人地一再拒絕她的邀約，而且都是用最敷衍的方式道歉。亨利只會緊張地微笑，再度喃喃說他有多抱歉，醫院的義工計畫有多消耗時間心力，他很遺憾都沒能再見到老朋友，但他真的別無選擇：「醫院人手嚴重不足，都要仰賴義工幫忙。尤其是六號病房，那裡安置的是一些受傷最嚴重或殘廢的病人。你知道，我必須盡一點棉薄之力。我很清楚，我可以『有點用處』的時間已經所剩無幾了。」

「亨利，你真是的！你講得好像你已經垂垂老矣似的。你真的會變成老人，如果你繼續這樣——」他朋友美麗而質疑的眼睛掃視客廳，彷彿要透過厚重的牆壁，找出那鎖起來的壁櫥，那祕密的祭壇，躺在祭壇上的那些珍貴的紀念品——「奉獻」的祭品。

她的話中隱藏著最隱微的指控。因為一個女人會感覺到，一個女人會知道——你無法讓女人不察覺到背叛。亨利笑著。他舉起怪異地平凡的寬大雙手，做出一個悲慘的投降動作，然後再度落到他穿著長褲的膝蓋上。

「親愛的，這種奉獻的事——我們有選擇的自由嗎？」

陰冷多雨的一九一五年春天，在六號病房裡，有年輕的艾莫瑞，有年輕的羅納，還有年輕的安德魯，以及年輕的艾德蒙；此外還有不喜歡別人叫他亞瑟的史考德。

「『史考德』。來自諾威治。」

亨利得知：史考德在一場手榴彈攻擊中「嚴重受傷」，而跟好幾個同袍一起被放棄，留在比利時默茲河以北的泥濘戰場上等死。但是史考德在糾結的屍體當中呼號求救，他還沒死，還沒完全死。在野戰醫院裡，他炸得粉碎的右腿被截肢到膝蓋處。他的左腿卡滿了砲彈碎片，也已經沒有多大用處。他的傷口遍佈全身各處：頭部、胸部、腹部、鼠蹊部，還有腿和腳。他差點死於敗血症。他仍有嚴重的貧血，還有心律不整跟呼吸急促的問題。他仍感覺到失去的那條腿的「幻覺痛」。他遍佈疤痕和結痂的皮膚還有一種帶綠色的蒼白。他耳中經常聽到嗡嗡或隆隆的聲響：他會聽到遠處傳來的砲火聲。他的舌頭裹了一層像是蟾蜍肚子上的黏液。（當他舔吮亨利帶給他的甘草棒時，那黏液就會變成黑而油亮。）他的肩膀很寬，骨架卻很細，像畸形的翅膀。他的雙腿，當他還有雙腿時，對他的身體而言似乎顯得太短。他滿佈疤痕組織的頭，對他的身體而言則似乎有點小。他還不滿二十八歲，但看起來老了許多歲。沒有人來這裡看他，因為他不想見任何人。他在諾威治有些家人，他甚至在諾威治有個女友，但那都結束了，他拒絕多講。他不要醫院的牧師幫他禱告。他粗魯地打斷亨利唸《倫敦時報》上的新聞，他厭倦透了戰爭新聞。他也打斷亨利唸他帶來的薄薄詩集，他對詩多麼厭惡。他不想要「激勵」——他鄙視「激勵」。他的牙齒本來就不好，現在則在他的嘴裡爛掉。他感覺不到他無用的左腿的腳趾頭。他說，他在比較不明顯的傷口處養著蛆。在聖巴托祿茂醫院這裡，他被裡裡外外地刷過洗過，但這裡還是有蒼蠅：「又大又肥的該死傢伙，迫不及待地等著下蛋。」他笑著，露出憤怒的牙齒，沒有一絲欣喜地笑著，像在咆哮。史考德笑得越猛，越可能演變成一陣狂咳。這樣激烈的狂笑，這樣猛烈的咳嗽，都可能引起內出血。這樣的狂笑可能引起心臟休克。他覺得很丟臉，自己一直流血，浸透了紗布繃帶，一直「漏水」。他該死的殘肢在「漏水」。他的鼠蹊部，也同樣「毀了」。他厭惡這年邁的紳士義工這麼毫不遲疑地幫他擦臉，彷彿他是個小嬰兒，也幫他擦拭傷口漏出的血和膿，以及像推著嬰兒車似的，讓他坐著那該死笨拙的輪椅，推著他到戶外泥濘碎石的小徑，甚至在天氣很冷時也一樣。

「他們該把我丟在那裡，丟在泥巴裡等死。或者當我像隻該死的小牛一樣大呼小叫時，就該對著眉心給我一槍。」

「親愛的孩子，別這樣。你不能這樣說。」

「我不能？那誰可以？你嗎？」

那是一個黯淡的四月午後，被雨打落的黃水仙和鮮豔的紅色鬱金香躺在地上一團綠葉中。醫院的庭院幾乎空無一人，空氣中有刺鼻濃郁的青草和潮溼泥土的味道。沉重的輪椅卡在碎石中，橡皮輪框的輪胎卡住了，亨利心臟猛跳地用力推著這機器，史考德則嘲弄地又踢又笑。這一刻是如此痛苦，亨利又是如此突然地被迫顯露出無助，卻反而被怪異的亢奮感籠罩住，像是一個人衝動地從高空躍入海中會有的感覺，不論他最後是會游起，或潛入，或陷溺，或勝利地浮出。在泥濘的碎石路上，亨利跪著，在輪椅上這個飽受折磨的男人面前，笨拙地試著擁抱他，一邊喃喃說著：「你不能絕望！我愛你！我願意為你而死！如果我能給你我的——我的生命！我的腿！我剩下的靈魂！我的錢，我的房產——」亨利在悲慘的愛慕中幾乎不知道自己在做什麼，將他饑渴的唇壓在史考德截斷的、溼潤溫暖、因為綻開的傷口復元緩慢而包裹著紗布的殘肢上。史考德在碰觸下立刻全身僵硬，但他沒有推開亨利；更令亨利驚訝的是，他感覺到這男人的手猶豫地碰到他赤裸的後頸背，不是愛撫，不像愛撫那麼強烈或親密，但也不是敵意的。

在一九一五年四月，聖巴托祿茂醫院後方陰冷微雨的花園裡，狂喜昏眩的亨利跪在他的摯愛面前。他的靈魂消失了，離開了他的身體，讓他甚至說不出自己顯赫的名字。

「詹姆斯先生！」

他心虛地嚇了一跳：什麼事？

「請你跟我來，先生。」

「但是我正要送史考德中尉回——」

「助理可以送他回去，詹姆斯先生。你現在有別的事要做。」

沒有任何禮貌的形式，坐在沉重輪椅上的史考德就脫離了大師的掌握，沿著走廊被推向六號病房。亨利渴盼的眼神盯著他的背影，但只看到助理寬闊微彎的背，和橡皮輪框輪胎的移動；而史考德也沒有回頭看。亨利用沙啞的聲音喊道：「中尉，再見！我們明天見——希望是明天。」

中尉。雖然史考德禁止亨利用官階稱呼他，但在艾德華護士面前，亨利忍不住這樣叫。他對於自己的年輕朋友是英軍的中尉，感到一絲特殊的驕傲，也懷疑史考德多少也暗自感到驕傲。

「詹姆斯先生，你跟這位中尉走得很近。你忘了我給你的警告，不要對六號病房的年輕人產生感情。」

確實如此，亨利早就忘了艾德華護士的警告。他是最初那批義工裡碩果僅存的一個，其他義工都是女人，而且都已經退出，理由包括疲勞、憂鬱、自己健康不佳等。新的義工出現在六號病房，同時新的傷者也持續住進病房。任何一張病床都不會空著超過幾小時，即使上頭剛剛才有人死於大出血，因為每一寸空間都得加以利用。

亨利喃喃說出不誠懇的道歉。他的嘴唇抽動，他就像個叛逆的男孩子，好想當著這女人的面嘲笑她。她的臉彷彿用一條粗布打光過，幾乎讓人覺得刺眼。

「很好，先生。你跟我來。」

艾德華護士步伐敏捷地走在前頭，領著亨利走過六號病房之後的好幾個門，來到一個陰暗的凹室，進入一間狹小過熱的房間裡。「進來，先生。我來關門。」

亨利不安地掃視四周。這是護理長的辦公室嗎？一張狹小的楓木書桌上整齊疊著文件，還有一個顯得相當老舊的大檔案櫃；但除此之外還有一張有厚椅墊的椅子、一張長椅、一盞燈罩有濃密流蘇的檯燈，牆上掛著一張裱框的維多利亞女王肖像，地上鋪著一張有恐怖花朵圖案的地毯，像是寒酸的「貴族」女士待客閨房裡會看到的那種地毯。當亨利以禮貌但不解的姿態轉身時，卻看到艾德華護士舉起手臂：手中拿著一根棍子，大約有九十公分長。亨利還來不及後退，艾德華護士已經快速連續地打了他好幾下，在他的肩上、頭上，以及他舉起來想擋住突來攻擊的手臂上。「先生，你的膝蓋！你的膝蓋沾了泥巴，是不是？為什麼，先生？你這位紳士的長褲，怎麼會沾了泥巴？先生，為什麼？」

亨利抗議地哀鳴。亨利跪了下來，跪在那印花圖案的地毯上。亨利虛弱地想在艾德華護士不滿的責打下保護自己。他低著頭，縮著身體，愧疚地漲紅了臉。他小時候從來不曾被他威嚴的父親、低調的母親，或任何老師或年長者責打過，甚至不曾被嚴厲責罵過。直到最後，艾德華護士終於打累了，讓棍子掉到地上，她氣喘吁吁地以厭惡的口氣說：「先生，你出去。馬上出去！」

大師像中了邪，乖乖順從。

5

在倫敦這座可以遠眺霧氣籠罩的泰晤士河的褐石建築裡，大師半癱瘓地躺在凸窗旁那張不舒服的皮長椅上，陷入某種空茫的狀態。他這樣發熱而困惑地躺在這裡多久了？他是搭計程車回來的嗎？從——哪裡？火車站？醫院——聖巴托祿茂醫院？而他的左手臂從肩膀到手腕都在刺痛。而且他好熱！——熱到他必須扯開襯衫漿得筆挺的領子。他的管家艾克斯肯太太之前被計程車司機叫出來，幫忙把她昏眩的主人扶上褐石建築的石階，但那一定是好幾個小時以前了，而亨利現在終於能清靜地單獨一人，可以拿出他的日記，為這騷動狂亂的一天，記下兩個小小的紅色墨水十字架，跟一個S的縮寫，並且用顫抖但狂喜的手寫下：這孤獨！——這不是一個人最深刻的事物嗎？不論在任何方面，都是關於我的，比一切都更深刻的事物：比我的「天才」更深刻，比我的「紀律」更深刻，比我的自傲更深刻，最重要的是，比藝術的深刻反作用更深。

那平板如礦石的眼睛睜大：「先生，真沒想到，你回來了。」

這位年長的紳士義工再一次讓艾德華護理長相當驚訝。他帶著嚴肅皺眉的微笑，用恭敬的口氣喃喃地說：「艾德華護理長，是的，我來向你報到，希望能『有點用處』。」

「很好！那你跟我來吧。」

因為大師似乎別無選擇，除非遠離聖巴托祿茂醫院，但這是他無法想像的。

為了能被允許再進入六號病房，紳士義工詹姆斯先生必須如艾德華護理長所說的，證明他擔任醫院工作人員的「誠意」。在戰場傷亡遠比政府預期的慘重，而且醫護人員嚴重缺乏的危機時刻，這裡需要的並不是詩或細緻的情感，而是工作。詹姆斯先生必須擔負他們不能要求女性義工做的工作：他必須證明自己是真正的醫院工作人員，願意協助任何醫護人員，包括任何要他幫忙的護士和助理。「詹姆斯先生，你不能拒絕任何工作。你不能討厭『弄髒手』——否則我們就會請你離開聖巴托祿茂醫院。」於是，這位年邁的義工以堅忍的態度，在他量身訂做的斜紋西裝上，套上寬鬆的全身工作袍，然後一整天協助助理，推著送餐推車到每間病房，再收走沒吃完的食物和髒碗盤；接著，在那悶熱難聞、瀰漫垃圾臭味，黑殼蟑螂在所有平面上四處亂鑽的廚房裡清空推車時，亨利幾乎要被作嘔和頭昏擊退，但他努力振作起來，沒有倒下，完成了工作。第二天，亨利幫忙一個助理推著床單推車到每間病房，送去乾淨的床單，拿走髒污的、有時甚至非常污穢的床單，到這龐大建築的地下層，悶熱難聞的醫院洗衣間裡。「先生，你會需要手套。啊，先生！——你最好把袖子捲起來。」醫院的洗衣婦笑這年長的義工，要他站在一大桶冒著蒸汽的肥皂水旁，拿著一根木棒，以非常笨拙而幾乎要跌進桶子裡的動作，攪拌著髒污的床單；在他異想天開的腦袋裡，這纏成一團的床單就像大師了不起的散文一樣糾結而頑固。只要規規矩矩地做到生活中外在的行為，以保持著與人生的聯繫——我指的是那直接的外顯的人生，但在那背後，真正不斷發生在我們身上的，更深刻，更黑暗而不明顯的事物，則在這樣的防衛下，學會安分守己，這是多大的決心！多麼大的喜悅！他將把這份喜悅祕密隱藏起來，隨身攜帶，就像他放在外套口袋的硝化甘油藥片，度過在艾德華護理長手中的陣痛，而他不會被擊敗。第二天，這位一輩子從來沒有使用過任何家庭「清潔用具」的紳士義工被要求拿掃帚去掃地，和清理蜘蛛網。其中有些蜘蛛網非常龐大，上面埋伏著如邪惡黑色心臟的巨大蜘蛛，困著瘋狂的蒼蠅。接下來，亨利又被要求去拖沾了一地髒污的地板，擦掉那最噁心的污物，如嘔吐物、血，和人類排泄物。雖然大師再次因疲憊而腳步搖晃但他沒有屈服而嘔吐或昏厥。他微笑地想道，他的同事一定會跟艾德華護理長回報說，他完成了這天所有的工作。他以孩子氣的叛逆想著，這女人要考驗我，我絕對會通過考驗。這女人希望我低聲下氣，我就低聲下氣。到了傍晚，在離開醫院時的途中，亨利忍不住在六號病房門口停留了一下，擔憂地朝病房遠處他年輕朋友所在的床瞄了一下，但他無法分辨史考德是否在那裡——或者，坐在輪椅上的那個是史考德嗎？——但亨利很快轉頭離開，以免有工作人員認出他，而對艾德華護理長告狀。

第二天早上，雖然亨利滿懷希望地醒來，預感他的流亡生涯可能就要結束，可以再度被允許進入六號病房了，但他卻被分派到目前為止最具挑戰性的工作：幫臥床的病人擦澡。這些病人可不是六號病房的漂亮年輕男人，其中大多數病人年紀較大，有些人身材癡肥。他們身染重病，外貌變形，老邁癡呆，流著口水，各個開口滲出鮮血，有的陷入昏迷，有的會毫無預警地突然大發怒氣。他們全身佈滿褥瘡，散發身體惡臭腐敗的氣味。這項工作比其他都更令亨利沮喪，雖然他極度希望能感到同情或憐憫，卻只覺得嫌惡。他無法理解怎麼有人能日復一日地像醫護人員那樣，活力充沛，熟悉幹練，而且看似毫不抱怨地做這項工作。「先生，你看！你越來越熟練了呢！」——年輕的護士這樣讚美，或是逗弄這年邁的助手。亨利因為受到注意而開心地紅了臉。他的工作是把一桶桶骯髒的肥皂水提到靠近廁所的露天水溝倒掉。各種污穢都聚積在這裡：垃圾、糾結的頭髮、漂浮的人類糞便、蟑螂（醫院的每個角落，都可以看到硬殼發亮的蟑螂到處亂竄，跟蒼蠅一樣無所不在）。亨利回到護理站時，艾德華護理長就在那裡，冷冷地打量他，眼神中透露著讚許——不情願的讚許，但還是讚許。「亨利先生，我的下屬說你沒有拒絕任何工作，而且大部分工作都做得很稱職。這真是好消息。」

亨利以紳士的姿態，喃喃地謝謝這個女人。

「不過詹姆斯先生，你還是個美國人，是吧？不是我們的人？」

亨利大受打擊地動也不動，彷彿受到指控。

第二天，亨利知道自己受到了適當的懲罰：他被要求去做醫院裡最低等、最令人反感的工作，比幫病人洗澡，或抬走他們已經沒有生命的身體更令人厭惡：清理排泄物。

亨利穿著現在已經因髒污而變硬的全身罩衫，去病房幫忙收回便盆，並把這些裝滿了難以形容、經常從陶瓷蓋子下方溢出污物的便盆拿到搖搖晃晃的推車上，推到廁所去。他要協助的是一個骨節突出，身體畸形，脾氣陰沉的男人。他對這個紳士義工清楚顯露出敵意，也不像護士那樣稱讚他。當亨利的手發抖，而惡臭的污物潑灑到地上時，亨利必須負責立刻擦乾淨。「兄弟，動作快點！」亨利一次又一次噁心和昏眩籠罩，搖晃地靠在推車上，而換來那個助理嚴厲的責備。但是除了害怕自己會做到一半昏倒之外，亨利更擔心這個助理會對艾德華護士告他的狀，如此一來他就永遠回不去六號病房了。便盆要拿到醫院地下層的廁所倒乾淨。地下是許多走廊組成的迷宮，你很可能在裡面迷路很久。經過這無止盡的一天後，亨利不得不想到，在大師所有的散文當中，沒有提到過一次便盆。沒有任何一種排泄物，也沒有排泄物的氣味。亨利拿著長柄刷子刷淨便盆，努力不要吸進慘白色清潔劑散發的霧氣，他忍不住身體搖晃，彎曲，差一點跪下。這一天，心絞痛的刺痛越來越頻繁地試探他，因為他穿著全身罩衫，無法很方便地伸手進外套口袋，拿出他的硝化甘油藥片。

「嘿，兄弟？你需要透透氣，是吧？」

亨利一定顯得很蒼白，因為那長得像侏儒的助理現在可憐他了。他用粗糙的手推著亨利往一扇門走去，而亨利則虛弱地抗議道：「不，我要去報到，」——他摸索著努力想起——「去六號病房。我要帶一個年輕士兵回去跟我住，他在我家會得到全天候的照顧。」

助理從齒縫間吹了聲口哨。亨利無法判斷這男人是在嘲笑他，還是真心欽佩他。

「他一定是跛腳又殘廢吧？六號病房嗎？真了不起，兄弟。」

亨利抗議：「他們不是全部都『跛腳又殘廢』。其中有些人——少數幾個人——可能會康復，再度四肢健全。我不是有錢人，但是——」

「兄弟，你做了件了不起的事，終於。」

這人話中強調的重點，有些怪異而陰沉：了不起，終於。亨利無法理解，因為一種天旋地轉的感覺似乎籠罩住他疲憊的腦袋，像是一道道閃電，在很近的地方，但寂靜無聲。亨利感謝地喃喃低語：「是，確實是。我希望——希望是如此。」亨利搖晃了一下，差一點倒下，但那男人骨節突出的手牢牢抓住亨利的手，讓他站直身體。

七十二歲的亨利．詹姆斯先生，國際上備受讚譽的文人，一九一五年七月二十五日放棄美國護照，宣誓效忠喬治五世國王，而在長住倫敦數十年後，終於成為英國公民。詹姆斯先生從去年秋天開始，便一直是聖巴托祿茂醫院義工隊的忠實義工。

殘酷的謠言說，六號病房裡必須執行一項緊急截肢手術。一名已經截肢的士兵因為「好的」那條腿血液循環不良，生了壞疽。在病房的門口，年邁的義工猶豫著。因為病房的遠處有一張白色簾幕，隱藏了裡頭進行的事；而他因盈滿淚水而霧濛濛的眼睛無法分辨那簾幕遮住的是哪一張床。這長長的病房多麼擁擠，這景象多麼令人沮喪，這味道多麼噁心，還有蒼蠅毫不停歇的嗡嗡聲響，傷者混合在一起的呻吟哀鳴和哭喊，如此讓人氣餒。現在大師可以再度進入六號病房了，便迫不及待地想重拾他在這裡的職責，迫不及待地想再度看到他已經一個星期多沒見到的年輕朋友史考德。但在六號病房的門口，他遲疑不決，因為他覺得他看到許多不熟悉的面孔；病房也比記憶中更大，更擁擠。為了這次探訪，亨利準備了比平常更多的禮物，還有給史考德的特殊禮物。他一直跟自己爭辯，該不該給年輕中尉看《倫敦時報》上的那篇新聞報導，因為史考德一定會很驚訝他忠誠的義工朋友亨利．詹姆斯是「深受讚譽」——更沒想到是「國際上備受讚譽」——的文人；更糟的是，亨利居然已經七十二歲了，因為史考德一定會猜他至少比這年輕十歲。一個白衣女人輕拉亨利的袖子，問道：「先生？你還好吧？」而亨利謹慎地往後退，結結巴巴地說：「抱歉——我沒辦法——還不行——再見——」

6

你不會說這是臨終病床，因為這不是一張床。

不是床，而是可以遠眺泰晤士河的一張皮長椅。而且大師幫他的年輕中尉朋友和他自己安排的，也不是死亡，而是一趟海上旅行。大戰已經結束，海上航行再度開放。在眺望泰晤士河的凸窗旁的皮長椅上，他充滿了如此孩子氣的渴望，同時又充滿了喜悅，讓他的心幾乎無法承受這樣的緊繃，但那年輕的中尉就在他身邊，指引著他的手，讓他像是只用手指在寫字；同時他乾枯的雙唇形成他像是在說的字句，即使沒有聲音；而有時候，讓他認不得的旁觀者驚訝地，大師會用他蒼老堅定的聲音要人拿來紙和筆，還有他的眼鏡，讓他可以讀出自己寫的東西，因為除了他自己外，只有他的年輕中尉朋友可以辨識大師潦草的字跡。他高起而近乎光禿的頭像羅馬半身像一般莊嚴，他臉部堅強頑固的骨架撐著如羊皮紙的皮膚。深沉憂思的眼睛有時候如在夢中似的迷茫，有時候卻又因好奇和懷疑而警醒：「中尉，我們今天晚上要在哪裡登岸？你真是有創意，安排這麼多驚喜。」

確實如此：這年輕中尉，來自曼徹斯特的商人之子，已經主掌大局。他現在可以藉助大師的一根拐杖，利用他「好」的那條腿（被聖巴托祿茂醫院的總外科醫師搶救下來，免於截肢），和他的「義肢」（亨利幫他付錢的，昂貴的人造腿），而行動自如。

他們在一艘郵輪的甲板上，靠著欄杆，吹著安撫人心的溫暖海風。亨利想到，這必定是大西洋的寬闊海洋，卻如此熱鬧地擠滿了小型船隻，甚至帆船，像是承平時期天氣宜人的星期天時的泰晤士河，真是奇異地迷人。現在亨利在他的躺椅上休息，他的年輕朋友將一條毯子塞到他的腿下。他們打算只在特別的異國港口下船。他們會隱姓埋名地旅行。亨利會繼續唸華特．惠特曼的驚人美麗的詩給他的年輕朋友聽。此刻他們正在一艘小船的船首漫步：可能是一艘希臘的渡輪。從褪色的煙囪冒出的邪惡黑煙有希臘黑煙的感覺。因為其中有不可能認錯的地中海的寶藍色。在萬里無雲的天空下，漂浮著希臘小島。**喔，先生！**一個刺耳難聽的女人聲音干擾了他：一個穿著白色護士服的笨拙年輕女人，彎身看著躺在皮長椅上的亨利，手上端著裝了藥丸的小盤子，要給他吃。他禮貌地試著不理會這粗魯的陌生人，但在中尉生氣的一瞥下，他喝了一口溫水，吞下了第一顆藥丸，但是第二顆藥丸像石灰一樣卡在他的喉嚨裡，啊！他開始咳嗽，而咳嗽很危險，他蒼老而脆弱的肋骨可能因為激烈的咳嗽而斷裂，他的心臟可能用力過度而支撐不住。但大師突然憤怒起來！質問他們本來如此快樂地在地中海浪漫旅行，為什麼會被帶回陰沉的倫敦！這到底是什麼地方？這些不請自來的人又是誰？他背後的鵝毛枕頭好不舒服。他從來就不喜歡這張皮製長椅，它跟其他許多家具一樣，之所以一直待在家裡，只是因為它像是在地板上長了根。事實上，亨利更偏好乘船旅行，待在船頭，因為雖然其中也有些不舒服，但至少還有冒險。**先生，你真的很頑固，是吧？**那個笨拙的小女孩護士不見了，取而代之的是一個較年長較有肉的女性，頭上戴著令人畏懼的，白而挺的護士帽，穿著跟軍隊制服一樣正式的護士服。**我警告過你了，先生，可是你就是不聽，是吧？**但其中有種讚許，甚至欣賞，像是惺惺相惜。大師如釋重負地發現，此刻必定是比較早先的時候：之前發生的這件粗心的事，像是閃電射進他腦袋的那件事，還沒有發生。他會把這件事寫進他的日記裡，然後他就能完全了解。因為用大師的密碼寫在日記裡的，都不是祕密，都不會逃過大師的理解。就像在他過去的人生時一樣，他強力地指揮那個女人：「我一定要『送』出我的血，因為這是我唯一能給的。」那女人猶豫地皺眉，彷彿那蒼老的血液不值得她用她的針頭，但大師說服了她，因為如果大師想要，他是可以非常有說服力的。於是，大師被要求躺下來，不要動，伸出手臂，讓那個一身雪白的女人靠近，手上拿著一個「皮下注射器」，用來刺穿皮膚和抽血。大師閉上顫抖的眼睛，像昏倒一般。他非常害怕。但他同時不覺得害怕，而是充滿勇氣。「我要輸血。我一定要。我的血是我的，我要給——」他一時想不起那個年輕人的名字。不管是哪個受傷的年輕人的血中了毒，大師的血都會讓他恢復健康。「啊！」——亨利硬起心腸，看著一個白色影子飄過他上方，一根尖針陷入大師手肘內側鬆軟衰弱的肉裡。這女人迅速地從大師繩索般的血管裡抽出血來，俐落地將一根細管子接到那微小的傷口上，讓血液巧妙地持續流進一個像袋子一樣的容器裡。亨利躺在這艘神祕船隻的甲板上，一張躺椅上，毯子塞在他的腿下，一股舒適的痲痹感，像升起的深色潮水將他包圍。這一天，這許多天，他將會記下一個紅色墨水的十字架：他是如此快樂。那年輕的中尉，他遍佈疤痕和結痂的臉因補充了體力而紅潤，就站在躺椅的尾端，伸長了手：

「亨利！跟我來。」

譯註

1 *New York Edition*，分別於一九〇七、一九〇九年在美國、英國出版，共二十四冊，蒐羅了亨利．詹姆斯的小說和短篇小說。

2 Alfred Edward Housman（1859-1936），英國詩人。郝斯曼詩作近兩百首，最著名詩集是《什羅普郡一少年》（*A Shropshire Lad*），其詩風格獨特，模仿英國民間歌謠，刻意追求簡樸平易。

3 Walter Whitman（1819-1892），被認為是美國文學史上最有影響力的詩人之一，經常被稱為自由詩之父，但他的詩作在當時非常有爭議性，尤其是他的詩集《草葉集》，因為其中有許多對性愛的明顯指涉。

4 郝斯曼的詩句

5 Sir Walter Scott（1771-1832），多產的蘇格蘭歷史小說家，作品在當時的歐洲廣受歡迎。

6 Richard Doddridge Blackmore（1825-1900），十九世紀下半葉最知名的英國小說家，以對英國鄉野的細膩描寫為最大特色。

7 William Wilkie Collins（1824-1889），英國小說家、劇作家，著作豐富，是當時極受歡迎的作家。最著名的作品包括《白衣女郎》（*The Woman in White*）等。

8 We must for dear life make our own counter-realities，這是亨利．詹姆斯寫信給好友Lucy Clifford，講到第一次大戰如何影響了他對歐洲文明的看法，並為藝術家發言時的說法。

9 Norwich，位於東英格蘭的一個古老城鎮，歷史非常悠久。

亨利．詹姆斯（Henry James, 1843-1916）

亨利．詹姆斯於一八四三年生於紐約市的一個富裕家庭，父親是著名神學家，哥哥則是知名哲學家與心理學家。他年少時就常隨父親來往美國與歐洲各地，十九歲時曾念過哈佛法學院，但後來決定投身文學。他的許多小說，如《黛絲．米勒》（*Daisy Miller*）、《一位女士的畫像》（*The Portrait of a Lady*）等，都在描述歐洲與美國的文化和價值差異。他先後旅居過威尼斯與巴黎，並於一八六九年移居到英國，一開始住在倫敦，稍後遷至薩賽克斯郡（Sussex）鄉間的萊耶鎮（Rye）。

他在五十歲前大多靠版稅維生，之後則因姊姊過世，而得到一筆遺產貼補生活。

詹姆斯可謂多產作家，除長篇小說外，並發表過許多遊記、傳記、自傳、評論與劇作等。他在一八九三年時應舞台劇經紀人喬治．亞歷山大之邀寫了一齣長劇《東維爾》（*Guy Domville*）。該劇雖在首演夜受到觀眾報以噓聲，但之後評論不惡，並連續上演五週，卻為了上演王爾德的《不可兒戲》（*The Importance of Being Earnest*），而被迫結束。

詹姆斯終生未婚，曾有傳記作家認為他曾與表親瑪麗．唐波（Mary Temple）相戀，也曾在給數位女性友人的信中表達愛慕，但他對性愛的焦慮恐懼讓他不肯承認這些感情。

但隨著學者得以查閱更多私人資料，包括詹姆斯寫給年輕男子的數百封充滿熱情，甚至流露性慾的書信後，後世學者開始認為詹姆斯並非敏感脆弱的禁慾主義者，而是沒有出櫃的同性戀者。例如他曾在五十六歲時，在羅馬結識當時二十七歲的美國雕刻家亨德力克．克里斯丁．安德森（Hemdrik Christian Andersen），並在給安德森的信中表達強烈的情感，甚至明確的性暗示。

亨利．詹姆斯曾在自傳中寫到他夢見在羅浮宮中的拿破崙的形象，顯示他對歐洲的愛戀之情。而在第一次世界大戰爆發後，他深受震撼，並於一九一五年歸化為英國公民，此舉也被認為是抗議美國拒絕參戰。

晚年時，他重新修改自己重要的小說與短篇故事，編輯成多達二十三部的作品全集，並命名為《紐約版全集》（*The New York Edition*）。

他被學者認為是小說大師，擅長描寫人際關係和其中的權力運作及道德問題。他經常以角色內在的觀點出發，探討人的意識與感官。他於一九一五年十二月中風，三個月後病逝於倫敦。

老爸在克川，一九六一年

他想死。他在獵槍裡裝了彈匣。兩個槍管都裝了。這一定是開玩笑，他居然兩個槍管都裝。他是個有幽默感的人。他是個小丑。這種人不能相信，這副牌裡的小丑。他笑。但是他的手在顫抖，這真是可恥。他的腦袋又充滿了膿液。他的腦袋得清乾淨。他的腦袋正在漏出液體。你可以聞到：帶綠色的膿。他的大腦發炎，腫脹。他是個鬼鬼祟祟的傢伙。他無聲地移動。光腳走在階梯上。一定要是凌晨時。他起床走到樓下。那女人會以為他是摸黑去上廁所。他在廚房的窗台上拿到鑰匙。他拿到獵槍了。他摸索著嘗試拿穩。這是新的獵槍，而且很重。他怕把槍弄掉。他怕被發現。他開車去城裡，只是去賣酒的店，就被人盯著。他的小客貨車的車牌被記下。在酒店裡，一架隱藏式攝影機也拍下他。他在太陽谷買了這把新槍。那個老闆也認出他。老闆說真是榮幸，還跟他握手。這把槍是十二釐米口徑，雙槍管的英式獵槍，鍍了一層絲緞般的鎳，還有楓木做的槍托。他很遺憾要弄髒這把新獵槍。他笨拙地將槍口抵住自己的下顎。槍口上，他的喉頭垂著多餘的肉，鬍碴像豪豬的刺任性地一叢叢冒出來。他用光著的腳大拇趾摸索著扣扳機。他的腳趾不像手指那樣顫抖，但他的腳指甲嚴重增厚而且毫無血色。在腳指甲下，黑色的血液都凝結了。他的腳和腳踝都因為積水而腫脹。他向該死的上帝禱告，上帝幫幫我。你並不相信上帝，但是禱告是不會輸的賭注。他決心要乾淨俐落，一勞永逸地完成這件事，因為即使是小丑，也不會有第二次機會。當然，上帝才是這副牌裡的小丑。你必須安撫祂，才能完美地做好這件事。所謂完美，就是整個腦袋在一瞬間完全炸開。他擔憂沒有被炸掉的部分大腦裡還會殘留著剩餘的靈魂，或者他的腦幹會持續運作，而老爸會在某間醫院裡，穿著散發尿液臭味的睡衣，靠著頭顱裡某處殘餘的一丁點的腦，結結巴巴地說著ABC。他的頭顱會像破碎的陶器被補起來，讓他們可以插入一根導管。電視將會播出這個畫面，而一個旁白的聲音會唸著「罪的代價是生不如死」。在克川[1]這裡，和明尼蘇達州的那間醫院裡，多少個無眠的夜晚，他曾為這樣的恐懼咬牙切齒。因為他恐懼被憐憫，就如他恐懼被嘲笑一樣。他恐懼陌生人觸摸他的頭，或整理他的頭髮。因為他的頭髮已經不再茂密，凹凸不平的頭皮會露出來。如果這顆頭要被摧毀，就必須一絲不剩。他認為其中某些恐懼不太可能成真，但這也很難說：即使是狡猾的數學家巴斯卡也不可能完全篤定：如果你要打賭，就打不可能輸的賭。他想或許這是個原則。他的身體對他而言變得很陌生，笨拙而不協調。有時候他早上醒來時，會覺得自己是在他小時候不屑的、他父親的身體裡。醒來時身在你小時候不屑的父親的老朽身體裡，是一件很恐怖的事。這樣的惡作劇雖然包含了非常殘酷的成份，卻又恰如其分。因為他現在手在發抖，很難穩住那把獵槍。鍍了鎳的槍管被他的手汗濡溼。槍枝金屬上有一種錯不了的汗味。這味道並不好聞。他記起他父親的手也會發抖。小時候他就注意到了。小時候他對這樣的軟弱就很不屑。但是他父親卻能夠穩穩地拿著槍，只用一顆子彈射到腦袋裡，而自殺成功。除了不屑之外，在這點上，你不得不佩服老傢伙。他父親用的是手槍，手槍冒險多了。而獵槍，如果操作得當，則萬無一失。獵槍是不會輸的賭注。不過如果他能看到自己的光腳，他會比較有自信。如果他可以看到他光著的大拇趾。以他這樣的姿勢，槍口抵著他散佈鬍碴的下顎，他根本看不到那把獵槍，也看不到地板。沒有命中將會是一大悲劇。開槍卻沒命中，將會吵醒那個女人，將會帶來救護車、醫療人員、強制約束，以及重回醫院，任憑他們用電擊烤焦他的腦袋，對他已經漏尿流血的陰莖插管導尿。那個惡作劇已經太過份了。他重新對準槍管，把槍口抵著額頭。他用他光著的大拇趾摸索扳機。他試著施壓，但是什麼東西擋在中間。他睜大眼睛警戒著。他的眼睛慌亂地四處張望，像是蒼蠅的複眼，但他的視線模糊，彷彿他是透過一層紗布往外看。事實上，他也無法完全確定，自己是否真的正透過那場意外後包裹住頭部傷口的層層紗布往外看。可能是那次墜機，或是別的意外。他面對著窗子，雨水打在窗上，形成點點污漬。他在他山上的房子：在愛達荷州。他認得房子內部。他認得出這裡一種松樹針葉的氣味，一種煙燻木頭的氣味。他來到愛達荷州求死。克川的好處就是沒有其他人。在太陽谷還有其他人，但這裡就沒有了。他這次不會離開。如果那個女人想阻止他，他會把槍轉向她。他會一槍斃了她。她會來不及尖叫就倒下來。她會無言地癱在地上，像垂死的動物一樣流血至死。接下來他就會把槍轉向自己：他想像著這幅場景而興奮起來。他的手因期待而顫抖。他最真實的人生是如此神祕奇妙。最真實的人生一定都是隱藏的。他從小就知道這點。長大成人後，他無數回酗酒豪飲、狂歡作樂、大宴賓客，裝瘋賣傻地扮演人人喜愛的老爸小丑時，也知道這點。他反胃噁心，無法成眠地躺在發出汗臭味的床單上時，也知道這點。你始終是孤獨的，**就像一個拿著槍的男人一樣孤獨，不需要其他人**。那是比性愛更撩人的想像：許多顆彈丸在頭顱裡炸開，跟引爆的手榴彈一樣威力強大。老天爺！那會有多美好！他的生命淤積在體內，結塊堆積在他的陰囊和下腹部。淤積太久，變成了膿。他會炸開那些綠色的膿。他噁心的腦汁將會濺到鑲著橡木板的牆上。粉碎的一片片頭骨和組織將會嵌入有著橡木橫樑的屋頂。他大笑起來。他露出牙齒，露出老爸的招牌笑容。爆炸聲震耳欲聾，但他已經聽不到了。

要到克川，你必須從雙瀑鎮往北開。沿著七十五號公路往北，途經夏夏恩瀑布，經過長毛象洞穴，和夏夏恩冰河洞穴。再經過魔奇市、貝爾芙、海利，和勝利市。然後你得一路開到鋸齒山脈的山腳下。這道山脈中有將近三千七百公尺高的城堡峰，還有在多霧的日子幾乎看不見的灰石山。距離他四方綿延的地產不遠處，就是失落河谷山脈。這裡有一些聚落，包括了像多石洲、鳥羽村、雪暴鎮、陰冷鎮、畜欄鎮、黃松鎮、鮭魚河、暖湖、蹲踞鎮、花園谷這類的名字。另外還有黑峽谷水壩，以及泥巴湖、馬蹄灣、陽光鎮、山岳之家及幸運礦。有一條鮭魚河，還有一條失落河。另外還有一條大失落河。城市則有小瀑布市、布特市，跟波伊斯市。工作不出現的早上，他會大聲而緩慢地唸出這些地名，彷彿這些聲音是神祕的詩，或禱告。他研究當地的地圖，其中有些是一九八〇年代繪製的。這帶給他莫大的快樂，其他任何事物都無法比擬。

工作不出現的早上，總是非常漫長。

你至少也要等到下午一點才肯放棄。

他從位於二樓，面對鋸齒山脈的窗戶往外看，看到森林邊緣有一隻年輕公鹿，舉止相當奇怪。他已經看著這隻年輕公鹿好幾分鐘。牠像個喝醉的傢伙，往一個方向跌跌撞撞地走了幾步，然後又突然循著原路回頭，往另一個方向蹣跚前進。那隻公鹿可能只距離房子三十公尺。有這麼令人分心的東西在視線內，他無法工作。他不可能奢望專心。他下樓。那個女人開車去小瀑布市了，沒有人會叫他，問他去哪裡。他的皮膚發燙，他不需要外套，但他戴了一頂帽子在頭上，因為日漸稀疏的頭髮讓他的頭皮怕冷。他沒有戴手套，這是個錯誤，但到了外面，當他走向空地邊緣的那頭年輕公鹿時，他已經不想回頭。他輕輕呼叫那頭受驚的動物，就像對馬說話，要讓馬平靜下來時一樣。他謹慎地接近那頭公鹿。他的呼吸散發霧氣。他的腳（他穿著臥室拖鞋和羊毛襪，趕著出來而忘了套上靴子）踩穿了草地斜坡上一塊乾燥的積雪表面。這頭公鹿如此年輕，軀體少了年長公鹿的肌肉厚度，鹿角也很迷你，被絲絨般的細毛覆蓋。等到距離這頭掙扎的公鹿大約五公尺時，他看到牠的迷你鹿角被困在一段惡毒的鐵絲籬笆中。鐵絲已經切入牠的頭和纖瘦的脖子中。血在公鹿暗褐色的冬天毛皮上微微發亮，也噴濺在被踩得泥濘的雪地上。公鹿猛烈地搖晃著頭，想要擺脫鐵絲網，鐵絲卻似乎更深入牠的肉裡。牠眼睛虹膜的邊緣上方已經發白，嘴角也吐出白沫。牠大聲喘息，噴氣，跺地。他知道：你不應該接近一頭成熟的公鹿，甚至是成熟的母鹿，因為只要牠的敵人犯下大錯，被撞倒在地，牠銳利的蹄就足以將任何敵人踐踏致死。敵人只要倒地，就不太可能有機會再站起來了。鹿的牙齒也非常銳利，跟馬的牙齒一樣。然而他還是繼續接近這頭公鹿，伸出一隻手，用嘴巴發出有節奏的喀喀聲，希望讓牠平靜下來。因為他不忍心不理會這頭掙扎中、痛苦的、流著血、飽受驚嚇，而且可能因休克而死的美麗動物。眼見在不遠處的森林裡，若隱若現狀甚狼狽的鹿群正哀傷地看著年輕公鹿，實在令人心碎。其中有些鹿粗糙的冬天毛皮下，肋骨幾乎根根分明。最接近的是一頭成年的母鹿，很可能是牠的母親。他謹慎地繼續接近這頭雄鹿。他是個頑固的老頭子，他沒那麼容易放棄。他心跳劇烈，讓他可以清楚感覺到胸腔裡的心臟。這種感覺倒不會不舒服，但他只希望猛烈的心跳不會演變成心跳過速。上一次，那女人不得不打電話叫救護車，把他送去小瀑布市的急診室，讓醫生注射一劑強效的奎尼丁到他的血管裡，才讓他的心跳慢下來。但是那女人現在不在這裡，他也不知道她什麼時候會回來。該死，他居然穿著室內拖鞋到戶外來！他不是那麼介意冷，那是一種乾燥的，礦物般的寒冷，讓人頭腦清晰。他因為激動而身體發熱，皮膚發燙。那頭公鹿現在已經看見他了，也聞到了他的味道。牠發出一種喘息和噴氣的聲音，表示警告。牠蹣跚地後退，蹄滑了一下，重重跌在地上。牠立刻慌亂地要站起來，但他動作也很快，迅速彎身在牠上方，一邊咒罵，一邊抓住牠猛烈擺動的頸子和那對鹿角。有個東西像銳利的剃刀，劃穿了他多肉的拇指下方。他咒罵一聲，但沒有放開驚慌的公鹿。他看到牠身上有好幾處傷口在流血，包括下顎下方必定離某條主動脈不遠的一道深深的切口。年輕公鹿踢了他一腳，讓他又咒罵了一次。牠的眼睛已經翻白，噴氣的聲音又大又急，像風在呼嘯。但他還是設法繞到這動物後面，在牠胡亂揮舞的蹄和露出的牙齒能碰到的距離之外。他的手在流血。這該死的東西，他咒罵這頭雄鹿，因為牠就是不肯乖乖就範，讓他幫助牠。一連串冒著白沫的口水流到他臉上，他的雙手再度被割傷。在感覺很漫長的一段時間之後，他終於把纏在鹿角上，歪七扭八的該死的鐵絲網扯開。他把鐵絲網丟開，放掉那頭雄鹿，牠立刻一躍而起，發出像馬一般呻吟抱怨的聲音。空地的邊緣，那頭成年母鹿本來已經走近了一些，也同樣一直在噴氣跺腳，但是一等年輕公鹿重獲自由，牠立刻就退回森林。該死的傢伙，他被撞倒，一屁股跌坐在地上。他骨頭突出的老頭子屁股坐在雪地裡，一隻拖鞋也不見了。他仍心臟狂跳，生氣地譴責自己這樣的愚蠢行徑。他知道自己不該如此，他當然知道，他的心臟在滲漏，而在最近這幾年成為他的敵人。他的身體現在是他的敵人，他父親丟棄的軀體。然而他擔憂地看著那頭年輕公鹿搖搖晃晃地離開。牠仍舊搖著頭，滴著血，而且又滑了一下，而他祈禱這公鹿不會跌倒，因為如果牠重重地跌一跤，很可能會站不起來，很快就會因休克或心跳停止而死；但公鹿努力站直身體，終於快步跑進森林裡。那群狼狽的鹿群已經消失不見。若不是被鹿蹄踐踏過的積雪、雪上留下的血跡，和這個屁股坐在雪地裡擦拭著褲子上的鹿血和口水的老人，你根本不可能猜到這裡之前出現過什麼鹿。

工作不出現的早上。

媽咪曾經是海明史坦太太，有時候他只叫她史坦太太，因為任何猶太名字在他們之間都是笑話[2]。他自己在學校時有過無數小名，包括海、海明、奈斯特、布契。他自己最喜歡的是海明史坦，有時候只簡稱史坦。在最後一個冬天，在工作不出現的早上，他聽到有人喊他海明史坦，一個沙啞的女性聲音，其中「史坦」的音微弱模糊而帶著揶揄，讓他的嘴唇抽動，但他露出的是帶著童真愉悅的微笑還是痛苦的成年人的苦笑，他也不知道。

警笛聲。

在愛達荷州的克川，他越來越熟悉警笛聲。

緊急救援車。救護車。警車的警笛。消防車。飛馳在七十五號公路上，飛快駛離肯騎恩，傾斜閃過較慢車流的車輛。在這個地方，你變成警笛專家：斷續而循環，喘不過氣來的，是卡馬斯郡的緊急救援車。音高較高的，是克川醫療中心的救護車或私人經營的救護車。發出瘋狂嗶嗶聲，如尖叫的大象一般充滿好戰憤怒氣勢的，是卡馬斯郡警察局。音高較低的咿咿啊啊的聲音，點綴著像是號角的快速咻咻聲，則是克川義務消防隊。

一開始警笛聲很遠。警笛聲可能往任何方向移動。逐漸地，音量增加。警笛是往你的方向來。那警笛離開了馬路，轉進你的車道，爬上山坡，從一片濃密凝結的森林中冒出來，然後警笛到了你的頭顱裡，那警笛就是你。

或許他之前癱在樓下的皮沙發上喝酒抽菸，電視開著，但聲音關掉，而或許一串火花從他的香菸落下來，而他用手拍落，但沒有注意拍到哪裡，接下來當他清醒時，只看到煙、難聞的黑煙，還有那個女人穿著睡衣，站在樓梯上對他尖叫。又或許他在房子後面結冰的階梯上跌倒，手上拿著來福槍（他警覺到似乎有人或有東西在森林陰暗的邊緣處），而來福槍走火，接下來他只知道，他的頭撞了個傷口，血流得很厲害，以致於那個女人以為他被槍射中了。或者他在樓梯上跌倒，左腳骨折，嚎叫得像受傷的猴子一樣。又或者他吃了鎮靜劑和威士忌，在溫熱的洗澡水裡頭腦昏沉，他沉重的老爸腦袋往前落下，像是斷了脖子，而那個女人叫不醒他。或者在半夜裡，多少個夜裡，他無法呼吸。或是胸痛，或是腹痛，腎結石？盲腸炎？中風？內出血？又或是那個女人對那些急救人員說的：「自殺的胡言亂語」——「自殺威脅」。又或是老爸曾威脅她。（他有嗎？老爸激烈地否認。即使在身體瓦解，精神崩潰，臉孔像被老虎鉗夾住一般扭曲糾結時，老爸還是口齒犀利，很有說服力。）那女人居然敢跟他搶滾到地上彈開來的獵槍彈匣，還跟他搶那沉重的曼利徹爾（Mannlicher）獵槍。**滾開！不要碰我！**老爸受不了被人碰，所以他推開那個女人，蹣跚地走出房間，把自己鎖在浴室裡，用拳頭敲打藥櫃的鏡門，打破了鏡子，劃傷了手，而那個女人為了找他麻煩，又一次打了緊急電話——多少次了！——多少次，遠處開始響起警笛聲，循環不斷的哭號聲，像受傷野獸攻擊時憤怒的尖叫聲，飛馳上山，來到位於荒涼偏僻的岬角，老爸的房子，而那個女人就蓬頭亂髮地站在外面的車道上，毫無做妻子的自制與尊嚴，大喊著：救救我們！救我們！

老爸爸忍不住要笑：我們。

尤其是當你娶了她們，她們就會開始想著我們。

好像這世界真的會鳥所謂的我們。重要的是老爸，不是我們。

他娶的是這個女人。老爸最愛的那個，他的女人當中最漂亮的那個，他沒有娶她，因為她那時候已經嫁給別人了。但是他娶了這個，老爸的第四任妻子，和他將來的遺孀。一個女人基本上就是一個陰部，女性存在的唯一意義就是陰部，但是一個女人，一個妻子，則是一個陰部加上一張嘴，男人都得認識這點。這是個讓人清醒的事實：你一開始是為了陰部，但最後卻得到一張嘴。你最後得到的是你將來的遺孀。

他一跛一跛地走到墓地。他總是隱隱感到焦慮，擔憂那墓地不知道為何會不在那裡。石頭會不在原位。那些松樹會消失不見。那條小徑會雜草叢生，讓他迷路。戶外的概念是多麼不同於戶外本身。因為戶外的概念是一種說法，但戶外是沒有言語的。你經常會被天空嚇一大跳。你的眼睛往上看，狐疑卻又滿懷希望。該死，他的左腳拖在地上。腫脹的腳和腳踝。他撐著一支手杖。他不肯用拐杖。他吸進松木針葉的氣味。那味道銳利清澈。那是可以讓頭腦清晰的氣味。是你若沒聞過就難以想像的氣味。還有那天空，不斷變換的雲霧水氣。他瞇起視力薄弱的眼睛，但是除了雲霧水氣以外，什麼也看不到。焦慮又回來了，像是又快又尖銳的針頭一樣的感覺。而在他的腋下，汗水爆發開來。為什麼，他不知道。這墓地是個與世隔絕美麗的地方。這墓地是個寧靜的地方。這墓地在一座高聳山丘的頂端，在松樹林當中，西邊面對著鋸齒山。老爸對這塊墓地很講究，你可不想惹火他。他放了石頭來標示確切的墓地位置，而每次散步時，他都循著同樣的路徑從房子走到山丘，然後沿著森林邊緣的稜線上山，接著他會在墓地暫停，拄著拐杖休息，喘一口氣。他視力微弱的眼睛瞇著遠眺遠處的山脈。因為他是個虛榮的老人，他厭惡眼鏡。老爸從來不是戴眼鏡的人，除非是飛行員的墨鏡。在墓地這裡，他用力深呼吸。他的肺因為抽菸而受傷，所以他的吸氣無法像過去那麼深。在墓地這裡，他煩亂不安的思緒像拍岸的海浪一樣變得平緩止息。在墓地這裡，他覺得平靜，或接近平靜。**跟我保證，你會把我葬在這裡。完全照我說的地點。**那女人不情願地答應了。那女人不喜歡他講到死、死亡、喪禮。那女人總是假裝老爸還是個活力充沛的年輕人，以後還會有更好的作品，而不是個體弱多病支離破碎的老酒鬼，有著顫抖的眼皮、癱瘓的雙手、腫脹的腳踝和腳掌、腫到像是又肥又長的水蛭般突出的肝。那女人總是假裝他們還是一對浪漫的情侶，一對婚姻幸福的夫妻，而這些關於死的話都是傻話。**如果你背叛我，我會化身成蝙蝠，從地獄回來折磨你。**他在別人見證下告訴她。那女人笑起來，或試著笑。他不確定他能否相信她。大部分人你都不能信任。該死，他本來想在遺囑裡加一條條文，註明埋葬地點的。

他在墓地這裡停留了幾分鐘，刻意地深呼吸。他不相信永恆，但是，在這個地方，在這樣的孤寂裡，這樣的美麗和寧靜當中，你幾乎會相信世界上真的有永恆的東西。這世界上還有一大堆有的沒的東西，不只有老爸，不只有像熟透屍體裡的蛆一樣翻動的老爸的腦袋。你知道。

（屍體裡的蛆。他看過。白色的，在死去士兵的嘴裡亂竄，在他們的鼻子本來所在的地方，在他們的耳朵和被轟掉的下巴裡。大部分的士兵都是跟他自己一樣的年輕男人。在一九一八年入侵奧地利之後，倒下的義大利人。你不可能忘記這樣的景象。你不可能抹去這樣的景象。他自己也受過傷，但他沒有死。這樣的區分是很深刻的。生與死之間，這區分是很深刻的。但這區分也始終是神祕而捉摸不定的。你不會想談論這點。你尤其不想為這件事禱告，乞求上帝饒過你。因為他想到上帝就作嘔。想到向這樣的上帝禱告，就讓他作嘔。他粗大赤裸的腳趾頭摸索著獵槍的扳機，該死，他絕不容許自己居然在他這一生最後顫抖的時刻想到上帝。）

那年夏天他滿十八歲。那年夏天，在密西根州北部湖邊的避暑小屋。他那時候就知道了。

透過獵槍的狙擊鏡看著他父親。透過狙擊鏡看著這個大頭人，而手指放在扳機上。他的鼠蹊部有種溫熱撥弄的騷動。他的嘴唇分開，乾渴。他的嘴裡好乾。**動手！很快就解決了！**

很早，你就知道要愛你的槍。你的槍是你的朋友。你的槍是你的陪伴。你的槍是你的安慰。你的槍是你的靈魂。你的槍是上帝的怒火。你的槍是你的（祕密的、甜美的）怒火。這是他的第一把獵槍，他絕對不會忘記。十二釐米口徑，雙槍管的溫契斯特

（Winchester）。這把二手獵槍沒有任何特殊之處，但他一輩子都會帶著一絲興奮地記得它。他的生日在七月。他才剛滿十八歲。他們在避暑小屋：「溫德米爾」（Windemere）。這是媽咪的名字[3]。大部分名字都是媽咪的名字[4]。他躲著媽咪，他十八歲了，他不想人家碰他。媽咪長著厚實的肉，有著龐大下垂的胸部，還有連鯨魚骨馬甲都約束不了、氣球般的肚子。媽咪曾是他最初的愛，但已經不再是了。他現在沒有愛。他不想要愛。他會搞任何一個搞得上的女孩，但那不是愛。他喜歡沒有人看到他從槍的狙擊鏡觀察他父親，像觀察要獵殺的動物，而那動物毫不察覺，直到槍響。

那老頭子在番茄田裡除草。七月靜止不動的沉悶熱氣。老頭子渾然不知兒子的手指在扳機上。兒子的興奮。老頭子彎著腰，在他綁在支架上的一株株番茄之間。他笨拙地蹲在腳跟上。他戴著一頂有時候媽咪會戴的草帽。他皮包骨的肩胛骨頂著襯衫的布料，像折斷的翅膀。他低著頭，彷彿很虔誠。他的下顎是油膩的肉條。他的皮膚鬆軟，像融化的蠟。在花園末端的棚子裡，兒子冷靜而客觀地看著父親。他很喜歡槍托靠著肩膀的堅實的重量。沉重的雙槍管施加在他前臂上的壓力，但他的手臂仍能保持穩定。還有他心口附近，以及他的鼠蹊部，那美妙的感覺。父親的嘴唇抽動蠕動，像在跟人講話。微笑著，故作矜持的。父親贏了一項爭論。父親沿著腳下的一排番茄前進。父親的肩膀駝著。父親的下巴像蠟一般融解。這樣一顆頭可以像大頭菜一樣被輕易轟掉。當一個男人軟弱，是因為一個女人閹割了他。而轟掉這樣的男人，對他是種慈悲。

他的手指扣在扳機上，逗弄著。他的呼吸又快又淺，他覺得自己快要昏倒。

那年夏天他滿十八歲，他不再當基督徒。他不再上教堂。媽咪為他的靈魂禱告。父親也是。**當我們分離時，願上帝在你與我之間看顧。**

從父親到兒子，這把槍將傳下去。

不是那把溫契斯特獵槍，而是十一年後父親在橡樹園自宅裡用來自殺的、內戰時期的史密斯威森「長約翰」左輪槍。那時兒子二十九歲，已結婚許久，自己也成為父親，而且是相當有名的作家，住得離老頭子和媽咪很遠，且鮮少回去探望。他當時極為震驚，佩服，驚訝，因為這一臉軟弱的男人居然有勇氣這麼做。

或者，爹地其實是個懦夫。爹地一直是個懦夫。你想到這樣的懦弱就覺得丟臉，你血液的源頭。

媽咪說，他一直很憂慮自己的健康。爹地有許多瘋狂的憂慮。一個被閹割的男人會有許多憂慮，以便轉移注意力，不去在意那唯一的羞恥憂慮。但他瞄得很準。他沒有在關鍵時刻掉了槍。他沒有猶豫。你會以為這麼近的距離不可能失手，但事實上你確實可能沒打中自己腦袋裡的靶心，導致從此都得忍受大腦損傷和失憶，像影子一樣活著。因此老頭子的行為確實很冒險，或者是很莽撞。又或許是很英勇。或者，更可能地，**是懦夫尋求解脫的方式**。

兒子陷入痛苦中，但他不知道是哪種痛苦。兒子永遠不會知道是哪種痛苦。母親現在已經不再是媽咪了，而是葛瑞絲。兒子如此鄙夷葛瑞絲，而無法忍受跟她共處一室。他不能忍受跟她講話，除非他喝得酩酊大醉，或者可以安慰自己說，他很快就能喝得酩酊大醉。兒子回到伊利諾州的橡樹園去主辦喪禮。兒子已不是基督徒，更不要說是公理會教徒，但他披著孝順兒子的陰沉偽裝回到伊利諾州的橡樹園，主辦在第一基督公理會教堂舉辦的喪禮。之後他確實喝個酩酊大醉，這一醉將持續三十年。

之後他要求母親把原來屬於他父親的父親的祖傳「長約翰」左輪槍寄給他，而葛瑞絲媽咪寄了，附上母親的祝福。

有很長一段時間，他最喜歡的酒是古巴調酒：「波斯灣之死」。一點點苦精、一顆萊姆榨汁、一高杯的荷蘭琴酒。他喜歡這名字的詩意。他喜歡那個味道。他喜歡冰涼的杯子，像海一樣高又深不見底。

近幾年，在克川，他沒有單一種特別喜歡的。

他曾經用（沒裝子彈的）曼利徹爾點二五六口徑步槍練習。他光腳坐在直背椅上，槍托牢牢地靠在地板上，然後身體前傾，把槍管尖端含在嘴裡，頂住自己的上顎。或者，他會用下巴穩穩頂住槍口，身體前傾。他會集中精神。他現在耳朵裡無時無刻都有隆隆作響的聲音，像遠處的一座瀑布，因此集中精神很困難，但並非不可能。他會刻意深呼吸。這是非常仔細的流程。用獵槍把自己的頭轟掉，是需要技術的。你不會想在這時候搞砸。就像上床，就像寫作，祕訣都在技術。門外漢會熱切而大意，專業人士則會謹慎而為。專業的人不會靠機會。專業的人不會丟出骰子，然後看結果是幾點。專業的人會掌握骰子，決定結果。

他用光著的粗大腳趾頭摸索著扳機。**喀啦一聲**！讓他震耳欲聾。**喀啦一聲**！迴響在貼橡木飾板的客廳裡，客廳牆上掛著玻璃相框，展示著老爸跟他獵殺的戰利品：巨大的馬林魚、倒下但龐大的雄獅、長著龐大叉角的麋鹿、巨大的灰熊、美麗纖細的花豹，長長的尾巴延伸到老爸的腳下，而老爸用他健壯的手臂抱著他火力強大的來福槍，留著鬍子的老爸，咧嘴而笑的老爸，蹲踞在他的獵物之上。喀啦！喀啦！結果他是用下顎抵住獵槍槍口。他就這樣靠著頭休息了好一會，眼睛顫抖地緊閉，瘋狂加速的心跳開始逐漸慢下來，像個疲憊的時鐘即將停止。

……密西根州北部，湖邊的許多個夏天。他第一次的獵殺，他第一次的性。用獵槍的狙擊鏡瞄準那老頭子的頭，還有那晚與那個放蕩的印第安女孩喝威士忌，然後幹她，幹了多少次，他自己都算不清楚。把他的陰莖塞進那女孩裡面，那女孩的深處，任何女孩都可以，其他的都不太重要，不論是臉孔或臉孔的名字，只要陰部就足以讓他亢奮；只要他的陰莖在那豐潤溫暖，微微抗拒的陰部裡；那對他開放，讓他戳刺、衝撞、抽送的陰部裡；或在被迫對他開啟的陰部裡。只要進入那樣的陰部就會讓他頭暈目眩，天旋地轉。

就像你的手指扣在扳機上，用力一壓，再也沒有回頭路，那樣的甜美。

……他這一代最偉大的作家，他放下酒杯，從胸腔深處大笑起來，起身接受頒獎，那沉重的銅版，那支票，還有觀眾興奮的鼓掌聲、迫不及待要讚美他的陌生人的握手。而在典禮之後，他仍在對自己大笑，並在諂媚的鎂光燈閃爍混戰中，覺得自己在頒獎詞中聽到的是，**他這一代最偉大的憤世家**。

他不得不承認，這話可能沒錯。

那女人不敢開口問，為什麼？為什麼在這麼偏僻的，沒有人認識我們的地方，在你長久以來一直有健康問題的時候？為什麼？那女人是他忤逆違抗葛瑞絲媽咪的一連串陰部的其中一個。她是第四任妻子，是將來的遺孀。她天真而幼稚急躁地說著我們，彷彿除了老爸以外，其他人也很重要似的。

工作不出現的早晨，又沒有纖細年輕公鹿迫切需要他拯救的意外，老爸思忖著：如果到時候那女人來干擾他，或許他會把她也轟掉。

三十年，老爸的魔咒牢牢奴役著他。

甚至早在父親自殺之前，當他還在二十幾歲的最後幾年時，他在崇拜者的眼中就已經是老爸了。為什麼會這樣，為什麼他似乎希望自己的人生加速前進，他也不知道。老爸這稱呼讓他陶醉：性的能量、歡愉。在昏茫中不斷上升終至極樂的歡愉。你喝酒來加速，你喝酒來養傷。你喝酒來養你傷害的人的傷，而你對這些人感到一種遲來的、無用的、卻相當真誠的懊悔。

還有他的作家朋友，他的那個中西部同鄉[5]。他在回憶錄中描寫他們在巴黎的年輕時代，而中傷他。他以狡猾老爸典型的竊喜和輕蔑，在朋友死後，閹割了他：宣稱他的朋友對自己的性能力很沒自信，因此請求老爸看看他的陰莖，再老實告訴他，他的陰莖是否真如他太太所說的不夠標準。在回憶錄裡，老爸描述說，這兩個有些酒意的男人走進「密修餐廳」的男士洗手間，拉開他們的褲子拉鍊，然後「一較長短」。而老爸將自己描述成或許有些可憐對方，但不失善良的樣子，安慰他焦慮的朋友說，他的陰莖尺寸看來很正常，但是老爸絕對不會補充說，他當下對他朋友充滿了溫情，他們之間的競爭似乎在他朋友迫切的脆弱下消失，而他多麼想撫摸他，多麼想用他的手指虔敬地包住對方的陰莖，抱住他，用他的撫摸向他保證，訴說老爸絕對不可能說出來的話：*我是你的兄弟，我愛你*。

老爸絕對不會坦承這種事。在他殘酷善忘的回憶錄裡，柔情沒有一席之地。

為什麼，那女人不解。其他人也不解。

為什麼離開古巴，在那裡，許多人都認定他是老爸，都崇拜他敬愛他。他為什麼要離開溫暖的加勒比海，住到孤寂的愛達荷州來。他從一個身家數百萬的「戶外運動愛好者」酒友手上，用過高的價格買下鋸齒山美麗而荒涼的山腳下好幾英畝的土地。鄰近是一個古老的開礦小鎮，叫克川。他將在這裡完成他身為作家這一生最偉大的工作，因為他相信他靈魂最深刻的工作還沒有出現，他還沒有一本作品可以顯現他所有的能力。雖然這世界讚頌他是個偉大的作家，雖然他已經成為一個有錢人，但他知道他必須更深入，更深入。沉入海底，穿過波光粼粼的，一層層清透的，篩過陽光的淡綠色海水，逐漸加深變成薄暮微光，變成墨水深藍，最後變成夜晚，抹滅一切的恐怖夜晚。在意外、災難、熱帶疾病，和老爸出名的狂飲酗酒中，他已經永久地耗損了他的健康；但即使如此，他還是能這樣往下沉去。他能夠沉落到最抹滅一切的恐怖夜晚，然後勝利地上升，浮出水面。他知道！

夜裡，當狂亂不規則的心跳讓他無法躺在床上，而必須在黑暗中坐直在椅子上時，他會聽到喃喃的聲音，*當我們分離時，願上帝在你與我之間看顧*，這話曾讓他憤怒，讓做兒子的他對一個有如女人的父親感到鄙夷，但現在他六十歲，接近生命結尾時，才不得不明白父親是溫柔而熱烈地愛著他，而他不屑的那些話是一個父親的掛念。他曾經多麼誤解他父親！他曾經多麼想用豪放狂暴，瞧不起軟弱男人的老爸，代替他的父親！他心中充滿懊悔，眼淚像硫酸刺痛他的眼。他不得不明白，自己比那心神錯亂的男人在一九二八年，在伊利諾州橡木園，以一顆子彈射穿自己腦袋自殺時，還要老了許多。

他的人生像一群瘋狂的牛羚爭先恐後地從他身邊狂奔而過。這麼多如雷聲隆隆的足蹄，這麼狂亂的塵土飛揚，讓獵人沒有時間重裝子彈，快速開槍，殺死他本來該殺的所有獵物。

在太遲了以後，他才開始愛他父親，或是愛關於父親的一些記憶。但對於葛瑞絲媽咪，他從不曾停止鄙視。他忍不住心一沉地想到，海明斯坦太太將在地獄，用那婊子充滿責難的微笑，迎接他。

喝酒這種病痛，只有喝酒才能治癒。

警笛曾為他而來。那女人曾背叛他。他曾被五花大綁。他的頭曾被接上電極。他曾被電擊。他曾被轟炸。他的腦袋曾被煎烤燒灼，像在平底鍋上一樣。他們滴進他動脈的東西，聞起來像醋酸。有人講到腦葉切除手術。有人講到在他的眼窩裡插一支冰錐，角度朝上，插進前額葉。有人講到「憂鬱症的神奇療法」。還有人講到「酗酒的神奇療法」。老爸被綁在床上。老爸被綁在床上，他是他這一代最偉大的作家。老爸被綁在床上，他曾獲頒諾貝爾文學獎。他會在床上尿尿。他會拉屎。他會跟護士調情。老爸是跟護士調情的高手。老爸用他像隆納·考爾曼6的高雅英國腔逗弄護士們：**這裡是地獄，但我不想離開。**老爸贏得了她們的仰慕和她們的心。一個男人最後也最可恥的虛榮，就是希望取悅討好醫護人員，讓他們對他留下好的記憶。他們會說他很勇敢。他們會說他很慷慨。他們會說他真是個生命鬥士。他們會說他是個不了起的人。他們會說你可以看得出來他是個偉人。他們不會說他是個可憐的病患。他們不會說他只剩一副殘骸。他們不會說他的陰莖軟癱又皮包骨，像甲狀腺一樣。他們不會說他有時候怕得要命，我們只得輪流握著他的手。

他們不會說，**他胡言亂語，乞求上帝救救我。**

他曾有過很精彩的冒險！從脅持他的人手中逃脫。

在前往明尼蘇達州羅徹斯特鎮的「梅約診所」途中，他們在南達科他州的瑞彼得市降落加油。老爸敏捷地走到跑道上。老爸目標清晰而且不偏不倚地走著。老爸似乎並沒有一跛一跛。這是個晴朗有風的日子。機場很小：只有一條泥土跑道。老爸本來不知道他為什麼從脅持他的人手上溜走，直到他看到：一架小飛機降落在跑道上，正朝機場滑行。一架單一螺旋槳飛機正朝他的方向滑行。他開始走得更快。他幾乎要邁開步子，小跑步起來。那駕駛員無法確定老爸是在對他微笑，還是咬牙切齒，像在拳擊賽中把投降的對方壓制在地上一樣。當老爸距離那吵鬧旋轉的螺旋槳大約一公尺時，駕駛員突然關掉了引擎。那女人哭喊著：**老爸，別這樣。老爸，求求你**。然後他們就來抓他了。老爸在漸漸慢下來的螺旋槳前動也不動地站著。他知道不需要抵抗。他的挫敗只是一時的，而他的復仇遲早會到來。

回到克川，她已經把槍都鎖在樓下的櫃子裡。她也把酒櫃鎖了起來。這女人是他的獄卒。這女人是魅惑男人的女妖。這女人是他將來的遺孀。這女人用法律手段設計了他。這女人想方設法地讓他「強制入院」。這女人讓聯邦調查局的技術人員進屋裡，在電話上裝了竊聽器。這女人把他的所得稅紀錄交給了國稅局。這女人經常跟「他的」醫生講話。這女人每天記錄他的言行。這女人與卡馬斯郡的警長和副手們共謀。這女人在老爸開車進城時，就警告這些副手。因為老爸的駕照已經被吊銷了。因為老爸的視力太差，黃昏時對向車輛的頭燈會刺入他瞇起的眼睛，像好幾個瘋狂的太陽。老爸有理由相信這女人跟卡斯楚有密切聯繫，因為卡斯楚曾是她的情人，而卡斯楚將老爸逐出古巴，還把他在那裡的財產全部充公。他有理由相信這女人對老爸的信件內容所知，多於她願意承認的程度，因為他收到信時，許多封都被拆開過，再粗糙地重新黏上。這女人也不承認他的律師欺騙他，他在紐約市的出版商欺騙他，拖欠他的版稅，還有他存錢的雙瀑市的銀行行員也欺騙他。還有一次，這女人拒絕跟他一起開車出門，去看往波伊斯市的路上的那幾個看板。那些巨大的海報上包含暗指男子氣概和共產黨的神祕文字及數字，並且用暗號的方式使用了老爸著名的肖像。不過這女人並沒有抗議老爸在公共場合戴著深色墨鏡，或在雙瀑市裡，老爸最喜歡的餐廳裡，堅持坐在最偏僻的包廂座位，帽緣壓到最下方，遮住他整個額頭。

就像西班牙人說的，**復仇這道菜最好冷著上桌**。最甜美的復仇，是當他把她轟到牆上去時，她臉上的表情。

這最美味的復仇：老爸的新歡。

在梅約診所，他勾引了最年輕最漂亮的護士。勾引最年輕最漂亮的護士正是老爸的作風。那女孩叫葛芮朵。老爸與葛芮朵墜入愛河。老爸和葛芮朵曾經暗中設想如何讓葛芮朵到克川來，來幫他做事。設想如何讓老爸與葛芮朵結婚，然後老爸會修改遺囑，把所有錢留給她。設想那個女人，老爸像隻老鬥牛犬的老婆，會如何怒火中燒。設想老爸要如何對付那像隻老鬥牛犬的老婆。葛芮朵曾在晚上來到老爸私人的房間裡。葛芮朵曾用她的嘴和柔軟愛撫的雙手取悅老爸。葛芮朵曾用海綿清洗老爸發出汗臭味的身體。葛芮朵曾經大笑，揶揄地叫他老爺爺。但是另外還有西麗。老爸不確定是哪一個，是葛芮朵還是西麗，要來克川幫他做事。他想不起來葛芮朵或西麗姓什麼，對梅約診所也只有模糊的記憶。他的腦袋在那裡被煎烤燒灼，像在平底鍋上一樣，而他的陰莖被如此粗魯地導尿，以致於他漏出尿液時還排出血來。

工作不出現的早上非常漫長。

他以前常開玩笑，*我父親舉槍自盡，是為了逃避刑求*。精神錯亂，被綁在床上的時候，他曾試著對那個年輕護士或護士們解釋。解釋說他父親都穿衛生褲，而且很少更換，因此即使洗過也還是散發他父親的汗臭味。他也試圖對任何願意聽的人解釋，為了逃避刑求而自殺並不是懦弱的行為，因為如果你遭到刑求，你可能會供出自己的同志，而一個男人絕對不能背叛自己的同志，因為這是唯一不可原諒的罪。**若你背叛同志，願你的靈魂在地獄裡腐爛到永生永世**，他開始猛烈抵抗他的約束帶，大吼大叫，而必須被注射鎮靜劑，好幾個鐘頭都不會醒過來。

在克川這裡的早晨。他翻著字典搜尋字眼。因為現在字不肯來找他，他就像拿著鉗子要撿起米粒一樣。他逃避用打字機，因為當字鍵沒有被打下時，打字機好安靜。他打算親手寫一封情書給葛芮朵，或給西麗。老爸已經很久沒有寫過情書。老爸已經很久沒有寫過一個不會陳腐得令他厭惡的句子。句子的組成是一件精確的作業。句子的組成類似鋼的組成：看似細薄，甚至脆弱，實際上卻強勁堅韌。句子之後還有段落：讓他狼狽不堪的阻礙，像從山上滾下來，擋住你車子去路的巨石。想到要寫一個段落，他就開始頭暈眼花。他就開始覺得頭重腳輕。他會血壓升高，耳中的脈動隆隆作響。他不記得自己是否吃了血壓藥，他也不想去問那個女人。

這麼多的藥片、膠囊、藥丸。他把它們一把吞下，不然就是沖到馬桶裡。他的銀扁瓶，則放在他的外套口袋裡隨身攜帶。那女人已經把酒櫃鎖上，但是他持續向來家裡修東西的阿提買小瓶的「四朵玫瑰」[7]威士忌。

字典裡的字，就像鋸齒山、烏羽村、雪暴鎮和陰冷鎮，這些唸出來時對他有種奇異魔力、如詩的碎片一樣的地名，都神祕而捉摸不定，都需要重新組合，組成在一起，而老爸已經沒有這種能力。那間診所的神經科醫師說他的腦皮質已經因為「酒精濫用」而萎縮。內科醫師則說他的免疫系統和他的肝臟都已經「無可挽回地受損」。精神醫師診斷他是「躁鬱症患者」，給了他橢圓形的綠色藥片，但他把其中大部分都沖下了馬桶，因為這些藥會讓他昏昏沉沉，讓他的舌頭裹上一層灰色的泡沫，讓那個女人因為他口臭難聞而躲著他。在那間診所的鏡子裡，他第一次看到：令他震驚的，他父親的臉。因為鏡子裡是他父親佈滿縐褶的額頭。是他父親眼皮沉重，眼神空茫的眼睛。是他彎曲下垂的嘴唇。是他咬緊牙關，臉頰緊綳的下顎。他的頭髮比父親曾有的更白。他前額的頭髮雖然還濃密，但後腦勺的頭髮卻令人沮喪地稀薄（以致於別人可以看到他的頭皮，他自己卻不能）。痛苦顯現在他臉上，但那是一張俊帥的臉，一張將軍的臉。一張領袖的臉。一個被釘上十字架的男人的臉，當釘子釘進他掌心和腳上的肉時，他不會哭喊。在他臉上看到父親的臉，和這樣的痛苦，真是令人驚駭。而且多麼奇怪，他頭髮的波浪、溝紋，甚至是下顎和上唇鬍子的濃密剛硬波浪，全都是朝向左邊。彷彿他的身體渴望朝向左邊。彷彿一陣殘酷強大的風毫不放鬆吹向左邊。這表示什麼？

他迫切地想要書寫這些神祕的事。他身外世界的深刻祕密，以及他內在世界的深刻祕密。然而他等候，他耐心地等候，可是字就是不出現。句子就是不出現。粗短的鉛筆從他指間滑落，在地板上喀啦啦地滾動。他的慾望被擋在他體內，糾結發臭。他必須宣洩出來，他無法再忍受多久了。舊的燒傷，舊的疤痕。他片片剝落的皮膚發癢：丹毒。終於有一個字了！

樓下，那個女人在講電話。這一次她又在跟誰共謀背叛老爸，老爸完全猜不到。

……舒適私密的生活，懷著不宣告不公開的驕傲，但他們卻在裡頭拉屎，用光滑的紙擦屁股，然後丟在那裡，但你還是得忍受這一切，這樣的羞辱不是精心挑選的字句建構的概念，在最後來到無法避免的突然結局，而比較像是從山那裡吹來的該死的風，那白天夜晚都不停息，有時候發狂暴怒的風，冷到刺骨的風，奪走你氣息的風，讓你眼睛刺痛的風，會讓你撐著拐杖，在戶外蹣跚步行時變得很危險的風，嚐起來如礦物冰冷的風，聞起來有徒勞無功氣味的風，鑽進這百萬富翁遠眺鋸齒山脈的山中別墅裡密合不良的窗框的風，連醉死的昏睡都會被打斷的風，帶著壓低嘲弄的笑聲的風，從不歇息的風。

在高大松木間的這塊墓地，這憂鬱的風會永恆地吹著。他對這點多少感到欣慰。

* * *

早上六點四十分，他從後門離開。他前一晚過得很糟。

那女人帶他出去吃晚飯，跟克川的朋友們。他們去了雙瀑市的「老鷹之屋」，老爸最喜歡的餐廳。老爸從一開始就覺得狐疑。老爸不信任這女人做的任何事。老爸很焦躁，因為那天一整天，工作都不出現。他不知道到底是什麼東西積壓在他體內，像激烈翻攪的蛆。在老鷹之屋，老爸想坐在離吵鬧酒吧最偏遠角落的包廂。老爸一在包廂背靠著牆的位子坐下，就開始不安起來，因為他正面對擁擠的酒吧，被人監視著。那女人笑老爸，向他保證說，沒有人在監視他。而且即使有人在看他，微笑著瞄他，也只是因為老爸是個名人。但是老爸很不高興，堅持要跟朋友換座位，可以背對著房間。但是，一旦他們交換了位子，老爸又變得不自在，因為他看不到房間了，他看不到那些陌生人盯著他的眼睛，但他知道有陌生人在看他，而其中又有好幾個是聯邦調查局的幹員，因為他從前一年冬天就經常看到這些人的面孔出現在克川鎮上和附近。（老爸很確定後來與他為敵的朋友向聯邦調查局告發他是共產黨間諜，因此他大有理由感到懷疑。他倉促打字而寄給這些敵人的指控信件，一定被交給了聯邦調查局，這是老爸難以面對的嚴重失策。）老爸吃不下他的丁骨牛排，他太心煩意亂了。老爸急需去洗手間，因為他的膀胱緊繃刺痛，而且最重要的是，老爸擔心尿液會從他傷痕累累的、在他萎縮大腿間無用垂掛著的陰莖滲漏出來，沿著腿流下去。但是，他被那個女人，和認識老爸敬重老爸的老鷹之屋的老闆攙扶著去洗手間時，就在半路上，微笑的陌生人，從遙遠東部來愛達荷州玩的遊客走向他，把餐巾紙塞給他要他簽名，但是老爸拿不好筆，老爸拿不好那該死的餐巾紙，便將餐巾紙揉成一團丟到地上。後來老爸在外面的停車場，在小客貨車上哭了起來，那女人正在開車。當他正用拳頭用力揉著淚水泉湧的眼睛時，那女人居然敢握住老爸的拳頭，說他會好起來的，說她要帶他回家了，而他會好起來的，而那女人說**你不相信我嗎，老爸？**老爸哀傷無言地搖搖頭，因為老爸已經不相信任何事，甚至不再假裝相信了。

那女人說，**有這麼多人愛你，老爸。請你一定要相信！**

老爸蹣跚地從後門走出房子，他迫切渴望到戶外去，離開囚禁著他而工作不肯出現的房子。他不確定確切的日期，但他相信今天是一九六一年七月初的一個星期天。他六十二歲的生日像冰山逐漸逼近，即使現在是夏天。

他找到他的手杖，其中的一支。有手杖確實比較好走路。老爸每天例行的散步。有時候一天兩次。當地人都知道老爸會沿著七十五號道路散步大約半英里。一個老人，但精力充沛。一個老人，但意志頑強。一個老人，買了克川鎮外一個百萬富翁的狩獵小屋，一間被詛咒的房子。

什麼詛咒？你這個胡說八道的傢伙。

胡說八道是我的職業。地獄是我的目的地。

往山丘上的墓地，這段該死的上坡路。老爸的嘴唇抖動，他的復仇就是這段上坡路，那些抬棺者得繃緊背上的肌肉，冒著疝氣的危險。

天上看不見太陽。老爸不確定現在的季節是不是夏天。他穿著黑紅格子法藍絨襯衫，鈕釦隨便扣著。他戴著布製軟帽，因為他不喜歡冷空氣掃過他頭髮逐漸稀疏的頭頂。看不見太陽，只有怒氣沖沖的白色光線穿過頭上快速變化的一捲捲雲霧水氣。在這些雲霧水氣之外，似乎沒有天空。

他視力衰弱霧濛濛的眼睛看不清楚遠處的山，但他知道山就在那裡。

他在墓地停下來。他深呼吸，這裡多麼寧靜。這美麗而孤獨的地方。這世界用絕大多數東西來擦屁股，但還沒有污染到鋸齒山。他看到他用來標示墓地的沉重石頭中，有幾顆離開了原來的位置幾吋，讓他因恐懼和憤怒而心臟一震。他的敵人聯合起來，要折磨他讓他瘋狂，但他絕不屈服。

那女人用那妖女的聲音叫他時，在那房子裡發生的事。他不會讓這些事影響他的心情。

因為這墓地是他的地方。這裡有一種純淨與神聖，是世界上所有地方都沒有的。

老爸和那女人已經很少像前一晚那樣，跟朋友出去了。因為老爸不信任他所謂的朋友，他們主要都是那女人的朋友。現在更少有人會來克川家裡小住。你沒有時間沒有力氣更沒有耐性，來做這種扮演主人的屁事。再也沒有訪問者，再也沒有眼睛四處打量的「文學記者」，再沒有那些吸血鬼。老爸家裡已經有夠多吸血鬼了，他不需要家人以外的吸血鬼。這大房子大部分地方都空著，沒有使用。許多房間緊閉。買克川這棟房子是老爸的主意，不是那女人的主意，但老爸越來越覺得是那女人操縱他買下房子，要讓他完全屬於她。那女人是個女妖，那女人有個鳥嘴。在女人雙腿之間的那玩意，在女人柔軟陰部裡面的，是一個恐怖的鳥嘴。一個沒有孩子的家庭根本不需要那麼多間房間。那女人曾暗示要生孩子，暗示她可以成為曾幫老爸生過孩子的前任妻子們的對手。現在那女人已經太老了，她的子宮已經萎縮，乳房也下垂在胸口。老爸會願意跟葛芮朵生下孩子，或跟西麗。但是老爸從小生長在伊利諾州橡木園一棟五間房間的維多利亞式房子裡，房子裡擠滿了孩子，因為海明斯坦太太是隻專門繁殖的母豬，吞噬了她自己的孩子。

葛瑞絲媽咪！老爸很高興想到葛瑞絲媽咪被埋在田納西州曼菲斯市，一座基督教墓園的地底下，無法逃脫。老爸在一九五四年獲頒諾貝爾獎時，真是高興得要命，因為葛瑞絲媽咪已經在一九五一年「辭世」，而無法活著得意洋洋地自吹自擂，故作矜持地接受訪問，讓這位知名作家的母親帶著掩飾的責難，談她的天才兒子。葛瑞絲媽咪選擇完全不知道這個天才兒子的生活，也不知道他目前的下落，除非消息已經在地獄裡傳開了。

老爸大笑，發自胸腔深處，讓他有點疼痛的大笑。老爸不會訝異他已經在地獄出了名，也不會訝異他最熱情的崇拜者在那裡等著他。

他繼續往前走。他拄著拐杖走。氣溫正一度度升高。他的思緒轉得飛快。在墓地停留總帶給他希望。他會繼續上坡幾分鐘，然後在山丘頂端，他會找到那條雜草叢生，幾乎難以辨識，蜿蜒下坡的小徑，現在地心引力會緩和他的心臟和腿承受的壓力，接著是向外通到大馬路的連絡道路，然後回到那屋子。他不想回去那房子，但是他沒有其他的目的地。

那女人在樓梯上喊他之前，他在馬桶上過了一段很痛苦的時間。一絲絲的血從他的肛門流出，帶血的小塊糞便跟霰彈碎片一樣硬。他的內臟裡有膿。他很可能被下毒了。這被詛咒的土地附的井水。那女人有很多機會可以把微量的砒霜摻進他的食物裡。那女人一定發現了他隨身帶在口袋裡的銀扁瓶。他一直在想，他父親的長約翰手槍不知道哪裡去了。

那粗糙的武器！內戰時代的古董。或許他的弟弟萊瑟斯特拿去了。老爸和這個弟弟對於這把槍可以拿來做什麼好事，開過許多玩笑。老爸自己絕不會用這把槍，因為按照現代的標準而言，它實在太粗製濫造。就算你瞄得很準，但若你只有一顆子彈，卻想嘗試用這把槍打中腦袋，仍舊太魯莽愚蠢。

他從明尼蘇達回來之後，那女人一直鎖著槍櫃，把鑰匙藏起來，但是最近那女人一直都把鑰匙留在廚房一扇窗戶的窗台上。

她說，一個男人應該被信任。一個男人應該在自己的家裡受到尊重。尤其像老爸這樣從小到大與槍為伍的男人。

他拿了鑰匙，顫抖的手指將鑰匙包住。

那女人在樓梯上對他叫**老爸，不要！**

獵槍的位置。槍口的角度。你必須把槍托穩穩架在地毯上，而不是硬木地板上，以免滑動。他會坐在一張直背椅上。他會坐在客廳裡的一張直背椅上，面對著眺望山脈的厚玻璃窗戶。客廳有挑高的橡木橫樑天花板，和貼著橡木飾板的牆壁，牆上掛滿了動物標本，還有老爸與死在他腳下的戰利品合照的裱框照片。客廳是個風大的地方，即使在夏天也是如此。客廳裡有一座結滿蜘蛛網的巨大石頭壁爐，還有買房子附贈的整組皮沙發，每次你坐下來時，就會帶著嘲笑的意圖放屁和嘆氣。

關鍵的一點是身體要夠前傾。你要把下巴牢牢靠在槍口上，或把槍口放進嘴裡，或者更笨拙地，用額頭抵著槍口，然後用赤裸粗大的腳趾頭摸索尋找扳機，施加足夠的壓力扣下扳機，但又不能用力過度，以致於槍管移位，槍口滑開，而只炸掉你一部分的腦袋，並且損毀那該死的天花板。

在義大利入侵奧地利的戰爭中，他曾很震驚地發現，當爆炸力強大的子彈炸開時，人體可以完全不按照解剖結構地分裂開來，變化多端地支離破碎。他更震驚地在一間爆炸的彈藥工廠還在冒煙的廢墟裡，找到女性的屍體和屍塊。長長的深色頭髮，黏著一塊塊沾滿鮮血的頭皮。那時候他十九歲。那是一九一八年。他是紅十字會的義工。他們給了他上尉的官階。後來，他被霰彈所傷。其他人在他身旁死去，但他沒死。兩百片霰彈碎片在他的腿裡、腳裡。他們給了他一個勳章，表揚他「英勇作戰」的表現。他不得不認為那就是他人生的巔峰，在他十九歲的時候，但是他還有剩下的人生等著他。

那女人大喊**老爸，不要！**跟他爭奪那把獵槍，而他用手肘把她推開，然後把槍口轉向她。她臉上露出無法置信的表情，遠超過恐懼和動物性的恐慌。因為這才是最殘酷的笑話：我們兩個人都沒打算要死。不要殺我！不要殺我。即使是一生都得不斷避免被掠食者吞噬的生物，也會為自己的性命作垂死掙扎。你會以為大自然會賦予牠們能力，讓牠們哀傷而冷靜地接受命運，但事實並非如此。動物在驚恐和慌張時的尖叫聲聽來極為恐怖。就像是在史密爾那，希臘人把騾子的前腿打斷，丟進淺水裡淹死時，那些騾子的慘叫聲。老爸在夜晚，在克川，也能聽到這樣的慘叫聲。受傷的動物的叫聲，因為美麗的毛皮、可作為戰利品的獸頭、長牙和叉角而被追捕。因為狩獵是如此有趣而被追捕。在他身為獵人的這一生裡，他打過鹿、麋鹿、瞪羚、羚羊、飛羚、牛羚、大羚羊、水羚、條紋羚、犀牛，他也打過獅子、花豹、印度豹、土狼、灰熊。在這所有動物身上，死亡都是一場掙扎。獵人屠殺時的亢奮極為強烈，而且赤裸裸充滿性的意味，就像是最狂野的性交，而此刻身體支離破碎的他不禁懷疑自己怎麼有能力做出這樣的行動。那感覺像是，從起伏波動的空氣中奪取性命。用他強而有力的下顎吞噬生命。然而牠們垂死的慘叫住進他的心底深處，而他那時並不知道。他無法將牠們垂死時被驅出體外的氣息，驅離自己的肺。因為死去獵物的氣息傳給了獵人，而獵人就永遠負載著他這一生殺死的所有生物的靈魂氣息，從最早的時候，在父親的指導下，在密西根北部射殺黑松鼠和松雞開始，而他父親的死也是詛咒的一部分。

狩獵旅行時，他總是帶著一個女人。在屠殺的亢奮之後，你需要一個女人。你需要威士忌，你需要食物，你需要一個女人。除非你醉到不省人事，而用不到女人。

他走在克川上方的森林，該死，他才不要去想那件事。

在這美麗的地方，他的土地上，他不想變得心煩意亂。他偏好將喝酒的需要，解釋成喝酒的慾望。那是自主的選擇，你可以自由選擇。他把銀扁瓶放在褲子的後口袋裡，裡面裝滿了「四朵玫瑰」威士忌，那重量是一種慰藉。這次散步時，他暫停了一下，拿出扁瓶，旋開蓋子，喝了酒，溫暖的威士忌帶來的熟悉愉悅，和那振奮精神的承諾，鮮少會讓他失望。

從很久之前開始，他就一直在口袋裡放著裝在皮套裡的單面刃剃刀。你可以在耳朵下劃一刀，然後快速而正確地將刀片劃過頸動脈。在西班牙內戰的時候，他買了這片剃刀，因為這是比大多數方法都務實的自殺方法。別人向他保證，幾秒鐘內就會死，而且只要執行正確，也不會感受到任何痛苦。但是他並不完全相信。他不曾目睹任何人用這種方式死去，也不相信會像傳說中那麼輕鬆。而快速流血致死這件事也令人懷疑：在你死之前，你一定會先意識到你做了多嚴重的，無法挽回的事；而且在死之前，你一定會目睹鮮血泉湧而出，而在恐怖的幾秒鐘內，你會在塵世的邊緣瞥見永恆的深淵，就像哥雅最恐怖的一幅畫中，那隻瑟縮的雜種狗。

他受不了，即便只是想像。他又喝了一口酒，威士忌是他的慰藉。烈酒，這個字說得好，烈酒會在你已經被搾乾的身體裡，重新注入熱烈的精力。

他口袋裡還有幾顆藥丸，膠囊。他完全不知道那些藥是什麼玩意。止痛藥、巴比妥酸劑。這些藥看起來很久了。藥丸上黏著絨毛。如果你走投無路，你會吞下手邊拿得到的任何藥，但是老爸還沒有走投無路。

頭頂上，一群雁鴨形成鋸齒狀的人字形，迎著風前進。看起來似乎是加拿大雁鴨，灰色帶著黑色花紋，寬大有力的翅膀拍打著。那奇異寂寥的聒聒叫聲拉扯著他的心。那拍打著的寬闊灰色翅膀，那伸長的脖子。他引頸站了好一會，目送那群雁鴨。牠們的叫聲跟他嗡嗡作響的血液脈動聲混雜在一起。他想不起來，在那最後的時刻，那個女人是否曾經大喊。女人的譴責哀鳴，鬥牛犬媽咪的聲音，是他記憶中最鮮明的。女人無力地舉起手，想擋住兩公尺之外發射的大型鉛彈。你幾乎會想嘲笑這樣的努力，和他的手指扣下扳機時她不可置信的表情。**不要殺我！不要殺我！**獵槍的後座力比他印象中強。爆炸聲震耳欲聾。一瞬間，那柔軟的女體往後飛撞到牆上，胸口、喉嚨，和臉的下半部湧出血來，而殘餘的身體軟癱地倒在地上，血從中湧出，而他出於本能地往後退，以免快速流成一灘的鮮血沾到他光著的腳。

他往下瞄了一眼：他的腳不是光著的，而是穿著靴子。他穿著磨損的皮製健行靴，多年前在太陽谷買的。但是他不記得自己從容地穿上靴子，也不記得自己穿上這件襯衫，或這件鬆垮的褲子。這是好的跡象，是吧？還是不太好的跡象？

他沿著穿過森林的連絡道路，出來到七十五號公路。那女人不喜歡老爸在森林裡「亂走」，也不喜歡老爸在公路上「現身」。在克川這裡，唯一讓身體老邁破碎的老爸開心的，卻是她心裡的那個女人所嫉妒的。他已經把那顆心轟掉了。他惡毒地笑起來，她是罪有應得。

時間接近早上七點半。他走在七十五號公路上，大馬路的路肩。一輛載著木材的平板拖車飛馳而過，差點把他的帽子吹走。他覺得如果他不挺直腰桿，這風恐怕會把他吹倒。他走路時，習慣面對著對向車輛，因為他需要看到朝他而來的車，在距離他只有幾碼的地方穿過他身邊。貨車、小客貨車、當地人開的車、學校校車。有時候老爸在早晨和午後散步時，會看到胡蘿蔔色的卡馬斯郡學校校車疾駛過身旁，而他會盡量壓抑著熱情，舉起手打招呼，像是在對人賜福，同時屏住呼吸，以防吸入廢氣的恐怖惡臭，而對著後車窗裡那些模糊的孩子臉孔微笑，因為這些時刻會帶來一種純潔的快樂。對著他看不清臉孔的、陌生人的孩子微笑，看到自己在他們眼中是個白髮白鬍子的老人，一個撐著手杖走路但仍不失尊嚴的老人，而且他們的長輩曾告訴他們，那個人很有名，他是個作家，得過諾貝爾獎，會帶給他愉悅，因為這種事本來就應該讓人開心，讓人驕傲。因此他期盼著看到校車，也試著算準散步的時間，以便遇到校車經過。一看到那胡蘿蔔色的車輛，老爸的背脊就會挺得更直，頭就會抬得更高，皺著眉的臉也變得放鬆。他想著，他們一輩子都會記得我。

但是今天沒有校車。他模糊地記起今天是星期天。他真討厭星期天，還有星期六。但他不會讓自己的情緒低落下去。他本來覺得很好，很樂觀的。他不會讓那個該死的女人毀了那種感覺。公路上要進克川的車輛顯然少了很多，貨車更少。至於那些小轎車，你不得不猜測裡頭都載著要上教堂的人。其中一些轎車裡有小孩子看到他，對他微笑揮手，但老爸已經沒那個心情了。老爸開始一跛一跛，自言自語。老爸開始敲著他後腰上突出的水蛭般的肝臟。老爸已經喝光了扁瓶中的酒，「四朵玫瑰」一滴都不剩了。老爸覺得很累。破掉的玻璃碎片，陷進他身體太深而無法動手術取出的霰彈碎片，都正要鑽到他的皮膚外頭來，不然為什麼他的皮膚這麼癢。他瓦解的健康狀況在他聽來是個笑話。那個神經科醫師一本正經地告訴你，你的腦袋發炎，還有腦皮質在萎縮。你完全不相信，那些混蛋跟你說一些話，只是要嚇唬你，把你降到跟他們一樣的等級。

該死，他再也無法忍受了。他不能回去過那種生活。

突然間他到了公路上，就在一輛對他駛來的警察巡邏車面前。老爸視力衰弱的眼睛還能分辨出那些禿鷹般在老爸土地附近的七十五號公路上，虎視眈眈的白色車輛。這些車都漆著閃閃發亮的綠色「卡馬斯郡警局」字樣。那輛巡邏車緊急煞車，以免撞到老爸。兩個年輕警員很快地從車裡出來。他們認得他：老爸看得出來。他試著跟他們解釋那天早上屋子裡發生的事。他變得亢奮，他講得結結巴巴。他用槍時「出了意外」。他「誤傷」了他太太。他拿著一把獵槍，他說，而他太太想把槍拿走，結果在爭執中槍枝「走火」，射中她的胸口，「把她炸成兩半」。兩個警員謹慎地接近老爸。七十五號公路上的交通慢了下來，駕駛人必須繞過擋住南向部分車道的警車。老爸看到兩個警員都還沒有拔出槍。但他們沒有從正面走向他，而且保持警戒，有備而來。他們問他是否有武器，稱呼他先生。他們問他是否願意接受搜身，並稱呼他先生。老爸因為年輕警員的尊重而情緒稍微緩和。他有些激動，但不會抵抗。其中一個警員對他搜身，快速地從上往下輕拍他全身，在他臀部的口袋發現那個空的銀扁壺，但沒有沒收。接下來老爸只記得他被攙扶坐進巡邏車的後座。他掉了他該死的手杖，其中一個警員會幫他拿來。老爸坐在巡邏車後座，保護用的鐵柵欄後頭，昏沉地坐著，不確定自己究竟身在何處。他耳朵裡的脈搏聲很大聲，令人分心。是他的心跳聲，像拳頭般在他的胸腔裡用力而顫抖跳動的心臟。他們只開了一小段路，就來到老爸碎石車道的入口，而老爸帶著一絲滿意地心想，他們知道我住那裡，可見他們一直在跟蹤我。

車道有四百公尺長，兩旁的松樹林都很濃密。老爸自己立了許多個告示牌，寫著**私人產業，禁止進入**。當巡邏車在房子下方的車道停住，那女人立刻出現在一樓的露台上。女人穿著家居服，逐漸斑白的金髮在風中飛起。她不是個年輕女人，那些警員應該立刻就看得出來。她的皮膚很蒼白。她的臉皮鬆弛。她的腰很粗。她應該是他們母親的年紀。那女人用簡短扼要的句子跟警員講話。其中一個警員正幫忙老爸爬出巡邏車的後座，就像幫一個老人。他牢牢抓住他的手臂，稱呼他先生。老爸很感激，這兩個年輕人很尊敬他。其實這就是你唯一真正想要的，被人尊敬地對待。他覺得心中一緊，對這兩個二十幾歲的年輕人惺惺相惜。他也曾經二十幾歲過。這年紀的男人之間有種不言而喻的兄弟之情，而老爸曾被逐出這種情誼之外，並因此強烈感到失落。他之前始終沒有完全明瞭自己失去了什麼，自己被奪走了多少。那女人已經從露台的階梯走下來，要攙住他的手臂，但他不讓她扶。不安和憤怒的淚水在女人眼中閃爍。她的臉孔滿佈皺紋，但你還是可以看到背後褪色的少女時的美麗。然而她的嘴唇已經失去了昔日的豐潤，彷彿她吸乾了自己的嘴唇。女人口氣輕快地謝謝兩位警員帶她先生回來。她告訴他們，她先生身體不太好。她先生最近住院了一段時間，現在正在休養。現在他不會有事了。現在她會好好照顧他。警員問女人關於槍的事，而女人馬上向他們保證，他所有的槍都鎖起來了。老爸厭惡地轉過頭。女人和兩個警員繼續當老爸不在場似地談論著他，他感覺屈辱，他要不靠任何協助走進房子。他才不需要那該死的手杖。不能走階梯，他不能冒險走連到露台的階梯。他要從地面層進屋裡。那女人一副自以為了不起的樣子，繼續跟警員講話。那女人會哀傷地笑笑，再一次解釋說她先生是個了不起的人，但有情緒困擾；說他有些身體上的問題，但正在治療。重點就是她會照顧他，還有她很感激警員好心把她丈夫帶回家，但他們可以走了。

太太，你確定嗎？那兩個警員問道。

確定！那女人很確定。

老爸狠狠甩上背後的門，他聽夠了。他只想要幾分鐘的安寧，在那女人跟著他進來之前。

譯註

1 Ketchum，位於美國愛達荷州中央，與太陽谷（Sun Valley）相鄰，附近山脈是著名的滑雪勝地，健行、釣魚、溯溪等野外活動也非常盛行。

2 Stein以及用stein結尾的姓氏，都是典型的猶太姓氏。

3 Windemere，指的是海明威母親在英國故居鄰近的溫德米爾湖。

4 海明威受洗時的全名是Ernest Miller Hemingway，其中Ernest與Miller都來自母系家族的親戚，這可能是作者暗指之意。

5 指的是與海明威長期互相競爭的作家好友，寫出《大亨小傳》的Scott Fitzgerald。

6 Ronald Colman，著名演員，曾於一九四七年獲頒金像獎最佳男主角。

7 Four Roses，一種波本威士忌的品牌。據說前任酒廠所有人向愛人求婚，愛人承諾若在舞會上穿著有花朵的緊身上衣出現，就表示答應。結果她穿著有四朵玫瑰的上衣現身，因此而有「四朵玫瑰」這個品牌。

厄尼斯特．海明威（Ernest Miller Hemingway, 1899-1961）

厄尼斯特．海明威出生於美國芝加哥郊區的橡木園市。其父是內科醫生，也是業餘標本家，在一九二八年時久病厭世，而舉槍自盡。海明威的祖父則曾參與美國南北戰爭。海明威的母親葛瑞絲．霍爾．海明威（Grace Hall Hemingway）原本是聲樂家，因眼疾而放棄表演。她曾讓小海明威打扮成女孩子，與姊姊一起拍照，稱他們為「雙生子」。

海明威高中畢業後曾試圖加入軍隊，但由於視力缺陷無法入伍，只被派到紅十字會的救護隊。他在義大利目睹戰爭的殘酷，而極為震驚。

海明威於一九二一年到巴黎定居，並在此結識小說家史考特・費茲傑羅（Scott Fitzgerald），兩人成為好友，但之後因相互競爭而關係轉淡。費茲傑羅的妻子曾指稱海明威是同性戀者，譴責他與她丈夫過從甚密。

一九三九至一九六〇年間，海明威定居於古巴，並在此寫出著名的中篇小說《老人與海》。該小說為他在一九五四年贏得諾貝爾文學獎。他在得獎當時，表現得異常謙遜。

海明威中年後深受許多健康問題困擾，包括染上炭疽熱、眼球割傷、額頭割傷、牙痛、痔瘡、腎病、鼠蹊部肌肉拉傷，及遭遇多次飛機失事及車禍等意外而重傷等。他並有嚴重的酗酒問題。

一九五九年古巴革命後，外國人的資產被沒收，迫使很多美國人返回美國，但海明威仍多留了一段時間。人們普遍認為他與當權者卡斯楚關係良好，並支持該次革命。

一九六〇年時，海明威要求出版鬥牛故事《危險夏日》未果，而與編輯交惡。

海明威曾有多次戀情，並曾四度結婚。最後一任妻子是曾任戰地記者的瑪麗・威爾許（Mary Welsh Hemingway）。他晚年定居在愛達荷州的克川市，並因罹患憂鬱症而接受電痙攣療法。

他在六十二歲生日前的三個星期，以雙管獵槍舉槍自盡，被妻子發現時已面目全毀，只剩下嘴巴與下巴。

後記

愛倫坡遺作，或名，燈塔 的靈感來自於愛倫坡於一八四九年十月七日，於巴爾的摩過世後，從他的文件中找到的一份只有一頁的手稿。

愛蜜麗．狄更森豪華複製人 的靈感普遍取自愛蜜麗．狄更森的詩作與書信，視覺靈感則來自傑若米．林布林（Jerome Liebling）的《安賀斯特的狄更森家族》（*The Dickinsons of Amherst*）攝影集。

克萊門斯爺爺和天使魚，一九〇六年 是一篇虛構故事，其中部分靈感來自佛瑞德．柯普藍（Fred Kaplan）的《奇特的馬克．吐溫》（*The Singular Mark Twain*）、約翰．庫利（John Cooley）編輯的《馬克．吐溫的水族館：薩謬爾．克萊門斯與天使魚的信》，以及《爸爸：馬克．吐溫十三歲女兒筆下的親密傳記》中的一些段落。（薩謬爾．克萊門斯享壽七十五歲，於一九一〇年過世。他的女兒克拉拉後來終於結婚，並育有一女，克萊門斯家族的唯一後裔，但於一九六四年自殺身亡。）

大師於聖巴托祿茂醫院，一九一四至一九一六年 是一篇虛構故事，部分靈感來自李昂·艾德爾（Leon Edel）與萊翁·鮑爾（Lyall H. Powers）編輯的《亨利·詹姆斯完整手記》（*The Complete Notebooks of Henry James*）與李昂·艾德爾所著《亨利·詹姆斯：一種人生》（*Henry James: A Life*）其中的一些段落。

老爸在克川，一九六一年 是一篇虛構之作，源自於肯尼斯·林恩（Kenneth Lynn）著作《海明威》，和海明威作品《死者的自然歷史》中的一些段落，文中並簡短引用了後者中的句子。

Passion 23

狂野的夜

Wild Nights!

作者：喬伊斯・卡洛・奧茲　Joyce Carol Oates
譯者：李淑珺
責任編輯：李佳姍
封面設計：黃子欽
校對：陳佩伶
法律顧問：全理法律事務所董安丹律師
出版者：英屬蓋曼群島商網路與書股份有限公司台灣分公司
台北市10550南京東路四段25號11樓
TEL：886-2-25467799 FAX：886-2-25452951
Email：help@netandbooks.com
http://www.netandbooks.com

發行：大塊文化出版股份有限公司
台北市10550南京東路四段25號11樓
TEL：886-2-87123898 FAX：886-2-87123897
讀者服務專線：0800-006689
Email：locus@locuspublishing.com
http://www.locuspublishing.com
郵撥帳號：18955675
戶名：大塊文化出版股份有限公司

總經銷：大和書報圖書股份有限公司
地址：台北縣新莊市五工五路2號
TEL：886-2-8990-2588 FAX：886-2-2290-1658
排版：帛格有限公司
製版：瑞豐實業股份有限公司

初版一刷：2009年4月
定價：新台幣280元
ISBN：978-986-6841-37-8

國家圖書館出版品預行編目資料

狂野的夜！/ 喬伊斯・卡洛・奧茲（Joyce Carol Oates）
著；李淑珺譯. -- 初版. -- 臺北市
：網路與書出版：大塊文化發行,2009.04
面；　　公分--（For2；23）
譯自：Wild Nights!

ISBN 978-986-6841-37-8（平裝）

874.57　　　　98003542

10550 台北市南京東路四段25號11樓

廣　告　回　信
台灣北區郵政管理局登記證
北台字第15343號

英屬蓋曼群島商網路與書股份有限公司臺灣分公司　收

地址：□□□□□ ＿＿＿＿市／縣＿＿＿＿鄉／鎮／市／區

＿＿＿＿路／街＿＿段＿＿巷＿＿弄＿＿號＿＿樓

Net and Books 網路與書

編號：NP023　書名：狂野的夜！

Net and Books 網路與書 **讀者服務卡**

謝謝您購買本書！

如果您願意收到網路與書最新書訊及特惠電子報：

— 請直接上網路與書網站 **www.netandbooks.com** 加入會員，免去郵寄的麻煩！

— 如果您不方便上網，請填寫下表，亦可不定期收到網路與書書訊及特價優惠！請郵寄或傳眞 +886-2-2545-2951。

— 如果您已是網路與書會員，除了變更會員資料外，即不需回函。

— 讀者服務專線：0800-252500　　email: help@netandbooks.com

姓名：________________　**性別**：□男　□女

出生日期：____年____月____日　**聯絡電話**：________________

E-mail：________________

從何處得知本書：1.□書店　2.□網路　3.□大塊電子報　4.□報紙　5.□雜誌　6.□電視　7.□他人推薦　8.□廣播　9.□其他

您對本書的評價：

(請填代號 1.非常滿意　2.滿意　3.普通　4.不滿意　5.非常不滿意)

書名____　內容____　封面設計____　版面編排____　紙張質感____

對我們的建議：________________

____

____

____

____